UN SECRETO CUSTODIADO

RACHEL AMPHLETT

Un secreto custodiado © 2025 de Rachel Amphlett

Todos los derechos reservados.

Ninguna parte de este libro puede ser reproducida, almacenada en sistemas de recuperación de información, o transmitida por ningún medio electrónico o mecánico, fotocopia o por ningún otro método, sin el permiso por escrito de la autora.

Esta es una obra de ficción. Los sitios geográficos que se mencionan en este libro son una mezcla de realidad y ficción. Sin embargo, los personajes son totalmente ficticios. Cualquier semejanza con personas reales, vivas o muertas, es mera coincidencia.

CAPÍTULO 1

Hace diez años.

Al este de Maidstone, Kent.

Jamie Ingram atravesó el patio de la granja en penumbras, se colocó el casco de un tirón y pasó la pierna sobre la motocicleta.

Se quedó sentado un momento, con el corazón acelerado y la ira corriendo por sus venas.

Se dio cuenta de que estaba apretando los dientes y obligó a su mandíbula a relajarse. Se inclinó hacia adelante, flexionó los dedos sobre el manillar, luego arrancó el motor y metió primera.

Había estado lloviendo desde las cuatro de la tarde, una lluvia constante que empapaba el paisaje y había continuado hasta la noche. Una débil luna llena intentaba abrirse paso entre las nubes que se arremolinaban en lo alto, para luego sucumbir al siguiente aguacero.

El campo de Kent tenía un aspecto desolado, con las ramas de los árboles extendiéndose hacia el cielo negro como boca de lobo, mientras la promesa de una helada temprana se aferraba al aire a su alrededor.

Un rayo de luz apareció en una de las ventanas superiores de la casa de la granja, antes de que emergiera la silueta de un hombre.

Jamie permaneció inmóvil, mirando fijamente a través de la visera, con la respiración entrecortada.

De niño, le encantaba despertarse con el sonido de la lluvia golpeando el techo de la casa. Los cultivos dependían del flujo y reflujo de las estaciones, y a pesar del riesgo de inundaciones, encontraba el ruido reconfortante.

Sin embargo, esta noche parecía aumentar sus nervios crispados.

Finalmente, la figura se retiró y la cortina de la ventana volvió a caer en su lugar.

Jamie parpadeó para recuperar su visión nocturna.

Giró las ruedas de la moto en el barro que ahora cubría sus botas y la apuntó hacia la rejilla para el ganado que separaba la propiedad del camino.

La granja no había albergado animales durante casi dos décadas, pero la rejilla servía como una medida de seguridad improvisada: el estruendo de los neumáticos sobre sus barras de acero podía oírse desde dentro de la casa, dando a sus ocupantes tiempo suficiente para ver quién llegaba.

Comprobó si venía algún vehículo antes de acelerar hacia la carretera, más por costumbre que por necesidad. No esperaba ver a nadie; después de todo, era plena noche, y los únicos que usaban la carretera eran los residentes de la granja y los inquilinos de un par de casas más adelante.

Los altos terraplenes y setos a ambos lados del camino lo protegían de lo peor del viento que intentaba azotar la motocicleta, pero hacían poco para resguardarlo de la nueva embestida de lluvia que ahora surcaba los campos.

Cualquier otra noche, habría resistido el impulso de salir a conducir.

La llamada telefónica había acabado con eso.

Gruñó por lo bajo y se inclinó con la moto en la primera curva.

Un escalofrío le recorrió los hombros mientras el miedo comenzaba a superar su ira.

No se suponía que fuera así.

Todo estaba fuera de control.

La conversación telefónica había comenzado con acusaciones y se había deteriorado a partir de ahí.

Había caminado de un lado a otro mientras hablaba, gesticulando con una mano mientras trataba de aplacar a la persona al otro lado de la llamada.

Era demasiado peligroso. Tenían que parar.

No podía continuar, ya no.

El interlocutor insistía; había demasiado en juego, demasiadas promesas hechas.

Redujo la velocidad de la motocicleta al acercarse a un cruce en T, comprobó los espejos y se tomó un momento para relajar los hombros y hacer crujir su cuello.

La tensión se aferraba a sus miembros, y cerró brevemente los ojos. Una oleada de náuseas lo invadió, retorciéndole el estómago.

Levantó la mano y abrió la visera, tragando aire fresco, luchando contra el mareo que arañaba la periferia de su visión.

La lluvia le picoteaba la cara, y saboreó el agua fría que ayudaba a calmar sus mejillas ardientes.

Había reprendido al interlocutor por hacer las promesas en primer lugar. Ese no había sido el acuerdo.

Siempre habían sabido que tenían los días contados, y él no estaba dispuesto a correr el riesgo.

Ahora no. Ya había perdido demasiado.

Respiró hondo e intentó volver a concentrarse, apretando los puños enguantados para tratar de expulsar la tensión. Levantó la mano y volvió a colocar la visera; el plexiglás amortiguó los suaves matices de tierra húmeda y ozono, aislándolo de la realidad.

Solo había una persona con la que podía hablar que sabría qué hacer.

Volvió a envolver los dedos alrededor del manillar.

Giró la cabeza para comprobar si venía algún vehículo y no se sorprendió cuando el camino permaneció desierto.

Solo un loco saldría en una noche como esta.

El agua en la superficie brillaba a la luz del faro, y aprovechó el hecho de que era el único en la carretera para zigzaguear entre los charcos profundos, utilizando todo el ancho del camino para maniobrar.

Su corazón latía como si hubiera estado corriendo, y se preguntó si había tomado la decisión correcta. Ya no había vuelta atrás: cuando había tomado la decisión, había sido una reacción automática e instintiva. Lo habían empujado demasiado lejos, demasiado rápido.

Lo que al principio había considerado como una

broma y luego un desafío, se había convertido en algo que no podía controlar. Ahora había demasiados implicados.

La carretera descendió y se curvó a medida que el terreno se nivelaba. Una señal familiar brilló en el haz del faro a su izquierda, y comenzó a reducir la velocidad del vehículo usando las marchas en lugar de arriesgarse a aplicar los frenos con demasiada fuerza.

La carretera principal estaba desierta, y cuando se acercaba al cruce, un destello de movimiento entre los árboles más allá de su posición llamó su atención. Un momento después, un tren Eurostar pasó como un rayo, su pantógrafo enviando brillantes descargas de electricidad a través del aire mientras se dirigía hacia la costa y más allá, hacia París.

Una sensación de vacío arañó el pecho de Jamie.

Daría cualquier cosa por estar fuera del país de nuevo en este momento.

Resignado, giró hacia la A20 y dirigió la moto en dirección a Maidstone.

A medida que la pendiente comenzaba a subir, se alineó para tomar la curva; era fácil, había estado recorriendo la ruta desde que dejó la escuela y obtuvo su licencia. Su cuerpo y la motocicleta se movían como uno solo, inclinándose en la curva mientras aceleraba para controlar el giro.

Su cerebro registró la forma oscura que se cernía frente a él una fracción de segundo demasiado tarde.

Desesperado, empujó el manillar izquierdo lejos de él en un intento de esquivarla, con el estómago retorciéndose al darse cuenta de su error.

Gritó, su voz ahogada dentro de los confines del casco mientras la forma colisionaba con él.

El manillar se le escapó de las manos y, de repente, se encontró volando por los aires, flácido como un muñeco de trapo e incapaz de comprender qué había salido mal.

El cielo nocturno giraba sobre él y, a lo lejos, oyó el espantoso chirrido del metal mientras su motocicleta se deslizaba por la carretera hasta detenerse.

Gritó cuando sus rodillas impactaron primero contra el asfalto, siendo inevitable el crujido de los huesos cuando su cuerpo rodó por el suelo.

Un instante después, la parte trasera de su casco golpeó contra la implacable superficie dura, y la oscuridad se apoderó de él.

CAPÍTULO 2

En la actualidad.

La inspectora Kay Hunter se abrió paso a codazos por la puerta de la sala de incidentes de la comisaría de Maidstone y contuvo un suspiro de alivio cuando la agente Debbie West se acercó para coger la pila de carpetas que había estado tratando de equilibrar bajo el brazo.

—No deberías cargar con esto, pesan una tonelada —la regañó—. Se supone que debes estar haciendo trabajo ligero durante al menos ocho semanas más.

—Gracias, Debs. —Siguió a la agente uniformada mientras esta serpenteaba entre los escritorios y se dirigía hacia la oficina en la esquina de la sala de incidentes—. Pensé que podría con ellas, para ser honesta. En realidad, ¿podrías ponerlas en mi escritorio habitual?

Debbie miró por encima del hombro y sonrió mientras cambiaba de rumbo.

—¿Sigues sin querer usar tu oficina?

Kay hizo una mueca.

—Me parece una falta de respeto, para ser honesta. Sigo pensando que Sharp va a entrar por la puerta en cualquier momento y me va a echar.

Debbie dejó caer las carpetas sobre el escritorio y esperó hasta que Kay se sentó.

—¿Alguna noticia?

—No, pero tú sabes tan bien como yo que las investigaciones de Asuntos Internos siempre son muy discretas. Supongo que no sabremos el resultado hasta que él lo sepa.

—Sigo pensando que es injusto.

—Sí, yo también, Debs.

Kay esperó hasta que la agente uniformada regresara a su propio escritorio, luego contempló la pila de documentos esparcidos frente a ella y resistió el impulso de gemir.

Sus lesiones a manos de uno de los traficantes de personas más diabólicos que el país había visto habían tardado más de lo previsto en sanar, a pesar de horas de fisioterapia y descanso forzoso.

Las pesadillas volvían con regularidad, pero ella y su pareja, Adam, habían decidido mantener esa información para sí mismos. Estaba decidida a que Jozef Demiri no gobernara su vida después de su muerte, no después de lo que le había hecho pasar a ella y a otras mujeres cuando estaba vivo.

Finalmente había vuelto al trabajo la semana anterior, después de convencer al terapeuta de salud ocupacional de que probablemente cometería un delito grave si tenía que pasar otro mes encerrada en casa.

Se había llegado a un acuerdo, y ahora estaba relegada a lo que la policía denominaba "tareas ligeras", pero que significaba que estaba confinada al escritorio en un futuro previsible.

Además, el inspector jefe Angus Larch había declarado abiertamente al regresar al trabajo que esperaba que ella siguiera las órdenes, y le había recordado que su ascenso a inspectora era probatorio.

Hasta la fecha, su puesto no había resultado en nada más que un ejercicio de papeleo, y se estaba volviendo inquieta, además de tener la sospecha de que las próximas semanas pondrían a prueba sus habilidades diplomáticas y su paciencia al límite.

Tal como estaban las cosas, había pasado la mayor parte de la mañana en una sesión de capacitación en la sede de Sutton Road, solo para ser llevada a una reunión de gestión después del almuerzo, y estaba aliviada de volver a la sala de incidentes de la comisaría de Maidstone.

Levantó la mirada cuando una gran taza de té y un trozo considerable de pastel de zanahoria fueron empujados frente a ella, y sonrió.

—Gracias, Carys.

—¿Cómo te sientes?

—Bien. ¿Quieres reunir a todos para la reunión de la tarde?

—Claro.

Kay tomó un sorbo de té y observó cómo la joven agente se abría paso por la sala de incidentes, riendo y bromeando con sus colegas mientras transmitía el mensaje.

Se movía con una gracia decidida que reflejaba su ambición de ascender en el escalafón, y mientras se apartaba un mechón de pelo negro detrás de la oreja, Kay se relajó.

La confianza de la mujer había sufrido un golpe durante los meses de invierno después de que se descubriera que un oficial que ella tenía en alta estima estaba involucrado en un esquema de corrupción contra el inspector Devon Sharp y su equipo, y que ahora languidecía en una prisión abierta por su papel.

Parecía que Carys estaba empezando a dejar atrás la experiencia.

Los eventos del año pasado habían expuesto las actividades nefastas de un oficial superior, el inspector jefe Simon Harrison, cuyas acciones habían impactado directamente en Kay y casi resultaron en su muerte.

El personal de la comisaría del condado tardaría en recuperarse de la traición, estaba segura, pero el hecho de que Carys pareciera estar sanando le daba fuerzas.

Kay se estremeció y se abrochó la chaqueta, tratando de ignorar el chirrido de un taladro eléctrico desde el pasillo más allá.

El temperamental sistema de calefacción de la comisaría finalmente se había detenido tres días antes de que ella volviera al trabajo, y un equipo improvisado de electricistas todavía estaba tratando de localizar la falla en el aire acondicionado de ciclo inverso y arreglarlo antes de que los habitantes del edificio murieran congelados.

Con su habitual manera brusca, el agente Ian Barnes había convencido al equipo para comprar un conjunto de calentadores eléctricos para combatir el frío, pero tenían poco efecto en el gran espacio de la sala de incidentes.

No quería ni pensar en cómo se vería la factura de electricidad al final del mes.

Mientras Kay hacía señas al equipo para que se uniera a ella en la parte delantera de la sala para la reunión matutina, Barnes arrastró su silla hasta donde ella estaba y se sentó con un fuerte suspiro.

—Uno pensaría que ya lo habrían arreglado —dijo—. ¿Cuánto ha sido? ¿Cinco… no, seis días? A este paso, vamos a necesitar tapones para los oídos, o corremos el riesgo de quedarnos sordos para cuando hayan logrado arreglarlo.

—No puedo oírlos por encima de un viejo detective quejándose —dijo Gavin Piper mientras se sentaba en el borde de un escritorio.

Kay se rio mientras Barnes arrugaba una hoja de papel y apuntaba a la cabeza del joven agente.

—Muy bien, ya basta. ¿Empezamos?

—Oficial… perdón, inspectora —dijo Gavin.

Ella le hizo un gesto con la mano.

—Ya conoces las reglas: es "Kay" para ustedes, a menos que estemos fuera.

Él sonrió, y Kay notó que su bronceado de verano finalmente había tenido la decencia de desvanecerse.

—Todavía no me acostumbro.

—¿Cuál es el apodo corto para "inspectora", de todos modos? —dijo Barnes, rascándose la barbilla—. ¿"Insp"? ¿"Spector"?

—Ya basta —dijo Kay, y le apuntó con el dedo. Ignoró la sonrisa que comenzaba en la comisura de su boca y volvió su atención a Gavin—. Bien, ¿qué está pasando con esa entrada forzosa en Aylesford? Se puso bastante feo, ¿no?

—Sí, una pareja de jubilados estaba despierta hasta tarde viendo la televisión cuando rompieron el cristal de la puerta de la cocina y un intruso entró. Amenazó con quemar a su perro en la hornilla de gas si no entregaban todos sus objetos de valor. Ahora mismo estoy esperando las imágenes de las cámaras instaladas al final de su camino de entrada por una empresa de seguridad cerca de Sevenoaks —dijo el joven agente, pasándose los dedos por su pelo rubio de punta—. El dueño de la casa había instalado un sistema de alta gama hace tres meses y él mismo no tiene acceso a los archivos. Se suponía que el contacto que me dieron me lo enviaría el viernes, pero al parecer alguien estaba enfermo. Si no veo nada antes de las cinco de hoy, les llamaré de nuevo.

—Hazlo —dijo Kay—, y si necesitas que intervenga, solo pídemelo.

—Lo haré, gracias.

—¿El perro está bien? —preguntó Debbie.

—Sí, está bien. Parece que solo lo usaron como amenaza, nada más.

Kay sonrió. Había estado tentada de hacer la misma pregunta y se alegró de no ser la única que se preocupaba por el destino del perro.

—Carys, ¿cuáles son las últimas novedades sobre la ola de robos en el polígono industrial de Parkwood?

—Tenemos a un adolescente llamado Calvin Westford bajo custodia abajo. Es su primer delito y está muerto de miedo. Parece que se unió por una apuesta y no se dio cuenta de que sus amigos hablaban en serio sobre forzar la entrada a las instalaciones. Ahora está con el agente Norris proporcionando una lista de sus cómplices.

Un murmullo de felicitaciones llenó la sala.

—Buen trabajo, bien hecho. —Kay lanzó el borrador de la pizarra a Carys, quien lo atrapó con facilidad y se dirigió al frente de la sala antes de borrar el caso de la pizarra.

Devolvió el borrador a Kay con una sonrisa en el rostro. —Gracias, jefa.

Kay la observó regresar a su silla, Gavin chocando los cinco con su colega mientras pasaba, y luego se volvió hacia las carpetas que había traído al frente de la sala.

—Bien, tareas para mañana. Barnes, esta es para ti. Sospecha de incendio provocado anoche en ese pequeño restaurante indio para llevar en Tonbridge Road. Los bomberos nos pidieron apoyo, ¿puedes hacer un seguimiento con ellos por la mañana?

—Lo haré.

Se levantó de su asiento para tomar la carpeta de ella y comenzó a hojear las páginas.

Media hora después, Kay había asignado tareas a cada miembro de su equipo y los había despedido por la tarde.

Regresó a su escritorio e ignoró el dolor en su antebrazo, flexionando los dedos para aliviar un espasmo muscular mientras movía el ratón para activar su ordenador.

Cuando el equipo comenzó a salir de la sala al final del turno de la tarde, Kay se dejó caer en su asiento con un suspiro y examinó los informes en la bandeja.

—Si esto es lo que significa ser inspectora, que se lo queden —murmuró. Levantó la vista cuando Gavin se acercó a su escritorio—. ¿Todo bien?

—Sí —dijo, cambiando el peso de un pie a otro. Miró por encima de su hombro—. Solo me preguntaba si habías hablado recientemente con el inspector Sharp y si había alguna novedad.

Ella negó con la cabeza. —Nada que informar aún.

No mencionó que no había hablado con su inspector en más de seis semanas, y una ola de culpa la invadió cuando se dio cuenta de que había estado tan ocupada concentrándose en superar sus evaluaciones de salud para volver al trabajo que no había pensado en la situación de Sharp.

Gavin se aclaró la garganta. —De acuerdo. Bueno, te veré mañana, Kay.

Ella forzó una sonrisa. —Hasta mañana.

Apoyó el mentón en la mano mientras lo observaba zigzaguear entre los escritorios y salir por la puerta de la sala de incidentes, su voz elevándose por encima de las de Carys y Barnes mientras los tres se apresuraban por el pasillo hacia la salida.

Arrojó la carpeta que sostenía en la bandeja y luego agarró su bolso de debajo del escritorio y miró su reloj.

Tal vez era hora de ponerse al día con el inspector Devon Sharp, después de todo.

CAPÍTULO 3

—¿Una barba?

—¿No te gusta?

—Bueno, es… diferente.

Kay logró dejar de boquear y cruzó el umbral de la casa del inspector Devon Sharp antes de que él cerrara la puerta y le indicara el camino hacia la cocina.

Rebecca, la esposa de Sharp, trabajaba en una guardería local y, a juzgar por el sonido de la música de rock que provenía del fondo de la casa, aún estaba en el trabajo. El funcionamiento de la guardería era tal que el personal directivo se turnaba para trabajar temprano por la mañana o tarde por la tarde para estar presente cuando los niños eran dejados o recogidos, en caso de que los padres quisieran hablar con alguien.

Kay no sabía nada sobre los hijos de los Sharp, salvo por las fotografías que había visto anteriormente de un par de adolescentes gemelos de aspecto saludable que ocupaban un lugar destacado en una estantería de la sala de estar.

—¿Una taza de té?

—Por favor.

Se quitó el abrigo de lana y lo colocó en el respaldo de una de las elegantes sillas que rodeaban una mesa a juego en un lado del amplio espacio, y dejó caer su bolso sobre la superficie antes de atravesar la habitación y apoyarse contra el fregadero mientras Sharp bajaba el volumen de la música que sonaba desde un juego de altavoces en el alféizar de la ventana.

—¿Cómo lo estás llevando?

—Fatal, pero tú entiendes cómo es esto.

Ella asintió, pero no dijo nada.

—Es el aburrimiento, Kay.

Se pasó una mano por el cabello castaño que ahora mostraba los más leves rastros de plata y que había crecido durante los meses de invierno, y luego negó con la cabeza.

—¿Cómo está Bec?

—Estoica. Como siempre.

Kay sonrió.

La esposa de Sharp era como su propia pareja, Adam. Confiable, no se alteraba fácilmente, y estaba completamente desconcertada sobre por qué su otra mitad se entregaría en cuerpo y alma a una carrera que, en el peor de los casos, era ingrata y, en el mejor, difícil.

—¿Y tú? ¿Contenta de volver al trabajo?

—Estoy aburrida, Devon. Me tienen en tareas ligeras. —Levantó el brazo—. Estoy tardando más en sanar de lo que pensaban, y aparentemente no puedo arriesgarme a excederme.

—Apuesto a que eso te está sentando muy bien.

—Cállate y dame una taza de té.

Ambos rieron.

Kay guardó silencio mientras él se movía por la cocina, sacando la leche del refrigerador y pescando las bolsitas de té de las tazas una vez que las bebidas habían reposado.

Aunque estuviera riendo y bromeando con ella, podía sentir la frustración y la desesperación bajo la superficie de sus emociones cuidadosamente controladas.

A pesar de sus intentos de normalidad, el efecto de los últimos tres meses hervía bajo la superficie.

Ella sabía de primera mano cómo una investigación de Estándares Profesionales podía afectar la confianza y la salud de un oficial, especialmente si ese oficial era inocente de cualquier irregularidad.

—No tomas azúcar, ¿verdad?

Kay sacudió la cabeza para aclarar sus pensamientos e intentó volver a concentrarse. —No, es correcto, gracias.

—Ven al invernadero. Bec me tiene pintando los alféizares, así que puedo trabajar mientras charlamos y no me meteré en problemas por holgazanear en mis deberes.

Guiñó un ojo y luego la guio a través de la habitación y por un arco hacia un amplio espacio cerrado que daba al jardín.

Kay entrecerró los ojos a través de la ventana y paseó su mirada por el patio y el césped cargados de crepúsculo.

La casa de Sharp estaba en una urbanización en el lado opuesto de Maidstone al suyo, pero la carretera principal que atravesaba los dispersos callejones sin salida pronto se convertía en un camino rural mientras serpenteaba hacia el pueblo de Otham, y ella sabía que a menudo veía zorros pasar por su jardín.

Sin embargo, el jardín estaba silencioso por ahora, y ella se volvió hacia la habitación para verlo observándola con cautela por encima de su taza de té, ignorando los pinceles.

Colocó su bebida en la pequeña mesa junto a uno de los sillones de mimbre y dejó caer la pretensión.

—Devon, necesito algo en lo que hincar el diente antes de volverme loca. Todo este asunto de ser inspectora... después de lo que pude ver que sucedía políticamente el año pasado, nunca quise ser parte de eso. Me encanta ser detective. Todo lo que he hecho esta última semana es mover papeles.

Él se encogió de hombros. —A veces, eso es todo lo que hay: asegurarse de que el personal esté distribuido uniformemente por la zona. Sigue siendo importante.

—Pero no es *hacer*, ¿verdad?

—Entonces, ¿Demiri no te desanimó de estar en primera línea?

Ella negó con la cabeza. —Si acaso, me ha hecho más determinada a encerrar a gente como él, antes de que tengan la oportunidad de hacer lo que él hizo.

Sus ojos se estrecharon. —¿Qué quieres de mí?

Kay cruzó los brazos. —Quiero saber por qué hay

una investigación de Estándares Profesionales contra ti, y quiero saber qué puedo hacer para ayudar.

Él se rio y señaló los dos sillones. —¿Es esto simplemente una artimaña para que vuelva y me encargue del papeleo?

Ella levantó la mano mientras se sentaba. —De acuerdo, puede que tenga un motivo ulterior.

Él colocó su taza en la mesa de café entre ellos y luego se reclinó en su silla con un suspiro.

—El problema es, Kay, que, si intentas ayudarme, podrías dañar tus propias posibilidades de ascenso dentro de la fuerza.

—¿Aún más de lo que lo hice el año pasado?

Sus ojos se endurecieron. —No bromees sobre eso, Kay. Luchaste duro para limpiar tu nombre y ver que se hiciera justicia el año pasado, y casi te matan. No tires eso por la borda.

Ella tomó un sorbo de té para digerir sus palabras y luego dejó su taza junto a la de él. —Y, sin embargo, tú hiciste lo mismo por mí. Somos un equipo, Devon. Lo hemos sido durante mucho tiempo. Déjame ayudarte.

—Tienes que prometer ser cuidadosa, Kay. Si vas a hacer esto, hazlo según las reglas. Recuerda, todo se trata de política y eso significa que tendrás que trabajar con Larch en algún momento.

Hizo una mueca, pero luego cedió. —De acuerdo.

Él asintió y volvió a coger su té. —¿Por dónde quieres empezar?

—¿Qué pasó entre tú y el inspector jefe Simon Harrison?

CAPÍTULO 4

—Harrison era el oficial investigador en un caso que involucraba la muerte de un joven motociclista en la A20 entre Leeds y Harrietsham, y ya tenía la reputación de tomar atajos para manejar su carga de casos.

Kay se inclinó hacia adelante en su silla y apoyó los codos sobre sus rodillas.

—¿Cuándo fue esto?

—Hace diez años.

—No estabas con la Policía de Kent en ese momento.

—No, todavía estaba en la policía militar, y ya sabes lo que todos piensan de ellos.

Logró esbozar una sonrisa. La policía militar tenía

su propia forma de manejar sus investigaciones, y no siempre era bien respetada entre sus colegas por hacerlo así.

—Continúa.

—Como el accidente ocurrió fuera del cuartel, la Policía de Kent estaba presente. Yo solo podía ser un observador.

—¿Qué sucedió?

—Un joven recluta llamado Jamie Ingram murió una noche de diciembre. Estaba lloviendo, las condiciones eran menos que ideales, y era tarde. El conductor de un camión articulado se encontró con la escena solo momentos después de que hubiera ocurrido; el motor de la moto aún estaba caliente.

Kay sacó su móvil y seleccionó la aplicación de "mapas".

—¿En qué parte de ese tramo de carretera?

—Justo antes del desvío de Broomfield.

Recorrió con la mirada el mapa frente a ella y frunció el ceño.

—Extraño lugar para perder el control, especialmente considerando que las curvas allí fueron enderezadas hace más de treinta años. ¿Había aceite en la superficie, o iba demasiado rápido para las condiciones?

Guardó su móvil y luego levantó la mirada hacia Sharp.

Él la estaba mirando fijamente.

—¿Qué?

—Jamie Ingram era uno de los mejores motociclistas que he conocido. Fui a la escuela con su padre, quien todavía es dueño de la granja donde Jamie creció. Cuando tenía nueve años, Jamie ya tenía una pequeña motocicleta y solía andar a toda velocidad por uno de los campos que su padre había reservado especialmente para ese propósito. Dos años después, estaba ganando competiciones de motocross a nivel nacional.

—Entonces, ¿estás diciendo que podía manejar una moto en cualquier condición?

Las facciones de Sharp se suavizaron.

—Sí. Eso es exactamente lo que estoy diciendo. —Se levantó de su silla y metió las manos en los bolsillos de sus vaqueros mientras caminaba por la habitación—. Lo siento. Es solo que, en ese momento, y ahora, quiero hacer lo correcto por Jamie y sus padres.

—Estábamos hablando sobre las condiciones de la carretera esa noche.

—El investigador principal concluyó que no había

aceite en la carretera, y no había señales de ningún otro escombro que pudiera haber causado que Jamie perdiera el control.

—¿Fauna silvestre?

—Se revisaron las orillas, pero no encontraron conejos heridos, y un ciervo habría causado un impacto terrible en la motocicleta. No había nada de eso.

—¿Cuál fue la conclusión del investigador?

—Su informe indicaba que, por alguna razón, Jamie hizo una desviación repentina en su carril al tomar la curva y perdió el control.

Kay se reclinó en su silla y se frotó la base del cráneo antes de volver a guardar su móvil en su bolso.

—Me está dando un calambre en el cuello.

Sharp captó la indirecta y se sentó con un suspiro sonoro.

—¿Y tú qué crees que pasó, Devon?

—Hablé con su oficial al mando el día después del accidente. Aparentemente, Jamie había llamado al ayudante la mañana anterior, solicitando una reunión urgente con el teniente coronel Stephen Carterton. La única cita disponible era para el jueves por la tarde…

—Y Jamie murió antes de poder hablar con él.

—Sí.

—¿Alguna idea de qué quería hablar Jamie con él?

—No, pero ese no es el punto. Es muy inusual que un soldado raso haga una solicitud así. Algo debe haber estado preocupando a Jamie para hacer esa cita en primer lugar, y más aún llamar para programarla mientras estaba fuera del cuartel.

—¿Qué piensan los familiares?

Sharp se rascó la barba.

—En ese momento, su padre expresó preocupaciones de que Jamie estaba nervioso cuando regresó de Afganistán.

—¿Trastorno de estrés postraumático?

—No, Jamie no había estado expuesto a nada que pudiera haberlo desencadenado; estaba involucrado en suministros y logística y cosas así. No quería hablar de ello con sus padres cuando le preguntaban, pero dijeron que cuando sonó el teléfono móvil de Jamie esa noche, empezó a temblar y salió a atender la llamada. No les quiso decir de qué se trataba. Esa fue la noche de su muerte.

—No lo entiendo. ¿Por qué habría una investigación de Asuntos Internos sobre tu conducta basada en esto?

Sharp se encogió de hombros.

—Un oficial superior ha hecho una acusación

contra mí: Harrison. Está tratando de sugerir que no le informé todos los hechos hace diez años, cuando sí lo hice, y que de alguna manera pude haber estado involucrado en lo que le sucedió a Jamie e intenté encubrirlo. Todo es una tontería, por supuesto. Supongo que hasta que no hayan terminado la investigación sobre sus actividades, están reservando el juicio sobre si suspenderme indefinidamente o desestimar el caso de Asuntos Internos y dejarme volver al trabajo. —Hizo un gesto hacia los pinceles abandonados—. Mientras tanto, me siento y espero.

—De acuerdo. ¿Qué crees *tú* que pasó hace diez años?

Sharp se giró en su silla al escuchar que se abría la puerta principal, luego volvió a mirar a Kay y bajó la voz.

—Creo que Jamie descubrió que algo estaba pasando dentro de su regimiento y tenía la intención de informarlo. Creo que lo mataron antes de que tuviera la oportunidad de hacerlo.

Kay sintió que el aire abandonaba sus pulmones cuando Rebecca Sharp apareció en el arco que conducía al invernadero, y forzó una sonrisa en su rostro para ocultar su conmoción ante la declaración de su colega.

—Kay, qué encantador verte.

Kay se puso de pie y aceptó el rápido abrazo de la otra mujer.

—¿Cómo estás, Bec?

—Oh, ya sabes. Se me están acabando las tareas para Devon. Cuanto antes vuelva al trabajo, mejor. —Su frente se arrugó—. ¿Es por eso que estás aquí?

Kay captó la mirada que Sharp le lanzó y negó con la cabeza. —No, desafortunadamente no tengo noticias sobre eso. Apenas volví al trabajo la semana pasada, y he pasado los últimos seis días sintiéndome como si pedaleara hacia atrás.

Bec se rio entre dientes. —Sí, eso es lo que te hace un ascenso.

—Debería dejarlos continuar —dijo Kay, y recogió su bolso del suelo de baldosas—. Un gusto verte, Bec.

—Igualmente, Kay.

Sharp la acompañó hasta la puerta principal, luego la desbloqueó y se hizo a un lado antes de entregarle un trozo de papel a Kay.

—Toma. Esta es la dirección de la familia de Jamie Ingram. Habla con ellos. Hazte una idea de cómo era Jamie como persona. Entonces lo entenderás.

—Entonces, ¿vamos a hacer esto?

—¿Estás lista?

—Por supuesto.

Él sonrió. —Por cierto, ¿cómo está Adam?

Kay miró su reloj. —Oh, maldita sea.

—¿Qué pasa?

—Es su cumpleaños hoy, y ahora mismo llego tarde para llevarlo a cenar.

CAPÍTULO 5

Kay empujó la puerta principal de su casa y se quitó el abrigo de los hombros antes de colgarlo en el poste de la escalera.

—Siento llegar tarde.

—Estoy arriba.

Subió las escaleras de dos en dos y se dirigió al dormitorio principal, dejando caer su bolso sobre la cama mientras su otra mitad, Adam Turner, salía del baño en suite envuelto en una nube de vapor.

—¿A qué hora está reservada la mesa?

Él sonrió.

—*Estaba* reservada para las seis y media, pero supuse que llegarías tarde, así que les he pedido que la cambien a las siete y media.

—Eres un cielo. —Lo besó y luego se desabrochó

la blusa y la arrojó al cesto de la ropa sucia junto a la puerta.

Mientras repasaba la ropa colgada en su armario tratando de decidir qué ponerse, su corazón comenzó a calmarse. Odiaba que su trabajo a veces se entrometiera en su vida personal, pero especialmente cuando era el cumpleaños de Adam y habían planeado darse el gusto de cenar en un restaurante caro que frecuentaban en ocasiones especiales.

—¿Quieres que pida un taxi? —dijo Adam. Pasó un gemelo por la manga de su camisa y la abotonó.

—No hace falta, iba a ofrecerme a conducir. Mañana tengo que madrugar, así que de todos modos solo puedo tomar una copa.

Él extendió la mano y le dio una palmada en el trasero antes de apartarse cuando ella se giró. Sonriendo, se dirigió hacia la puerta.

—Tómate tu tiempo. Te veo abajo.

Kay sonrió y volvió su atención al armario antes de seleccionar un vestido negro con tirantes finos y un chal rojo para cubrirse los hombros.

La mansión que albergaba el restaurante era hermosa, pero podía ser fría en los últimos meses de invierno.

La voz de Adam se filtró a través del suelo desde la cocina, y se dio cuenta de que había traído a casa a un paciente. Por lo que se oía, fuera lo que fuese, lo habían dejado salir al jardín antes de ir a cenar y ahora lo estaban acomodando para pasar la noche.

Sonriendo, y con un poco de aprensión por lo que encontraría en su casa esta vez, terminó de vestirse y luego cogió un pequeño bolso y sus zapatos y bajó descalza.

Un gran pastor alemán se levantó lentamente de su cama sobre las baldosas cuando ella entró en la cocina, sus ojos marrones tristes mientras se acercaba a ella y le acariciaba la mano con el hocico.

Adam estaba apoyado en la encimera de la cocina, con un vaso de agua en la mano.

—Te presento a Rufus. Solía ser un perro de servicio de la Policía de Kent, pero lo dieron en acogida hace unos cuatro años. Su familia de acogida está de viaje en este momento, así que he accedido a cuidarlo.

—Hola, Rufus.

El perro resopló y luego volvió al viejo edredón que Adam había doblado y colocado en una esquina como cama improvisada antes de acurrucarse en él con un gemido.

—¿Qué le pasa?

Adam suspiró y dejó su vaso.

—Cáncer terminal, desafortunadamente. Hemos

intentado de todo durante los últimos seis meses, pero no está funcionando y no es justo seguir tratándolo con cosas que no funcionan.

Kay bajó la voz, con un nudo en la garganta.

—¿Tendrás que dormirlo?

—Todavía no. Está respondiendo bien a los analgésicos por el momento, y parece que se mueve por sí mismo sin problemas; tampoco ha perdido el apetito. Seguiré vigilándolo, obviamente, y hablaré con la familia de acogida cuando regresen de Gales para discutir sus opciones.

Kay cogió las llaves del coche mientras contemplaba al hombre frente a ella.

Uno de los veterinarios más ocupados y respetados de la ciudad, también era una de las personas más compasivas que conocía. Rufus estaba en buenas manos, de eso no había duda.

—¿Cuándo vuelve su familia de acogida?

—En unos diez días, creo. La suegra de Graham murió ayer, y me imagino que para cuando tengan todo el papeleo resuelto y el funeral organizado, pasará al menos ese tiempo. —Miró su reloj—. Será mejor que nos demos prisa si queremos llegar a esa reserva.

Treinta minutos después, los neumáticos del coche crujían sobre la grava que se extendía alrededor de la mansión en medio del campo de Kent, y luego Kay enlazó su brazo con el de Adam mientras caminaban hacia los escalones de piedra que conducían a la casa señorial del siglo XVII que ahora era un hotel y restaurante.

Un miembro del personal elegantemente vestido les abrió la puerta, y Kay dejó que sus hombros se relajaran mientras los conducían a su mesa.

El lujoso ambiente del comedor los aislaba del mundo exterior. Cortinas del suelo al techo cubrían las ventanas, y la gruesa alfombra amortiguaba el ruido de otras mesas mientras pasaban.

El tintineo de los cubiertos y las conversaciones suaves llegaban a sus oídos, y se le hacía agua la boca al pensar en saborear la comida.

Complacida de ver que les habían dado una mesa en el rincón más alejado de los demás comensales, sonrió cuando el camarero le apartó la silla y se afanó en servirles agua y tomar su pedido.

Esperó hasta que regresó con el vino y se alejó hacia otra mesa, antes de chocar su copa con la de Adam.

—Feliz cumpleaños.

—Gracias.

Kay dio un sorbo a su vino antes de colocarlo sobre el mantel de lino.

—Bueno, cuéntame más sobre Rufus. Parece amigable. Siempre pensé que había que tener cuidado con los perros de servicio retirados.

—Está demasiado viejo ahora, creo. Quizás se da cuenta de que no le queda mucho tiempo, así que lo está aprovechando al máximo. La familia de acogida tiene una hija pequeña, y Graham dice que nunca han tenido problemas. Rufus es muy protector con ella.

—Será agradable tenerlo por casa. Hace tiempo que no tenemos a ninguno de tus invitados.

—Y ninguno tan condecorado como Rufus; fue todo un perro policía en su día.

Kay tuvo que dejar su copa de vino mientras Adam le contaba algunas de las hazañas del perro como agente en servicio de la Policía de Kent, temiendo escupir la bebida sobre la mesa.

Para cuando les sirvieron los platos principales, le dolían los costados. Levantó la mano.

—Vale, ya es suficiente. Me duele.

Adam le guiñó un ojo y luego se dispuso a devorar el jugoso filete que le habían puesto delante.

Permanecieron en silencio durante un rato, disfrutando de la comida y el buen vino, hasta que Kay dejó los cubiertos y se aclaró la garganta.

—Quiero ayudar a Sharp, Adam.

—¿Ya te has aburrido?

Ella levantó la mirada, pero él lucía una amplia sonrisa.

—¿Tan obvio es?

—¿Bromeas? Supe en el momento en que volviste a entrar por la puerta de esa sala de incidentes que estarías buscando una oportunidad para ponerte manos a la obra. Me sorprende que te haya tomado tanto tiempo.

—¿Cuánto tiempo ibas a pasar sin mencionarlo?

Su boca se torció en una sonrisa. —Habría aguantado más que tú.

Ella se movió para darle una palmada juguetona en el brazo, pero él se apartó demasiado rápido y se rio.

—Solo mantente alejada de los problemas esta vez, Hunter.

CAPÍTULO 6

Kay esperó hasta después de la reunión informativa de la mañana antes de regresar a su escritorio e iniciar sesión en la base de datos HOLMES.

Mientras esperaba que la computadora recuperara la información sobre la muerte de Jamie Ingram, se mordisqueó el borde irregular de la uña del pulgar e intentó trazar una estrategia para los días venideros.

Primero, tenía que ponerse al día con la investigación original dirigida por Simon Harrison, en ese entonces un agente de policía.

Segundo, quería dirigirse al lugar del accidente de Jamie; estaba bien leer informes y cosas así, pero sabía que obtendría una mejor comprensión de las circunstancias si lo hacía.

Y tenía que hablar con los padres de Jamie.

La pantalla frente a ella parpadeó y luego se mostraron los resultados de la búsqueda.

Kay examinó la información antes de hacer clic en el único encabezado que contenía todas las palabras clave que había ingresado.

Se cargó una segunda pantalla y comenzó a desplazarse por la información resumida de la investigación de Simon Harrison sobre el accidente de motocicleta.

Habiendo trabajado con el hombre antes, sentía que era evidente que su actitud impulsiva para resolver casos ya estaba bien formada cuando se convirtió en agente de policía.

Sus notas eran escasas y parecía que tenía la opinión de que Jamie era simplemente un motociclista que conocía los riesgos, pero los tomaba de todos modos.

La base de datos de la investigación proporcionaba una serie de enlaces a tres infracciones de tráfico por exceso de velocidad, y Kay notó que, al momento de su muerte, a Jamie solo le quedaban tres puntos en su licencia.

Apoyó la barbilla en su mano y suspiró mientras hojeaba las páginas y una fotocopia de un mapa de carreteras que mostraba la ruta A20 desde la granja de los Ingram hasta Broomfield en la carpeta frente a ella.

—¿En qué estás trabajando, jefa?

La voz de Gavin la sacó de su ensimismamiento, y ella empujó el mapa a través de su escritorio lejos de él.

—Solo algunos asuntos históricos.

—¿Fuiste a ver a Sharp anoche?

—Sí.

—¿Cómo está?

—Ansioso. Aburrido.

—¿Hay algo que podamos hacer para ayudar?

Carys se había acercado y ahora estaba posada en el escritorio de Barnes frente al de Kay.

Kay suspiró. Había trabajado con el pequeño equipo durante más de un año y parecía que la conocían mejor de lo que ella había pensado. Hizo un gesto con la mano hacia la carpeta de los archivos y luego hacia la pantalla de su computadora.

—No tengo todos los detalles, pero pueden apostar a que es un último intento de Harrison por desacreditarlo. La investigación de Estándares Profesionales surgió de una acusación hecha por Harrison. Hizo afirmaciones sobre las acciones de Sharp en un caso más antiguo de hace diez años después de que Sharp denunciara las actividades de

Harrison a finales del año pasado como mala conducta grave.

—¿Te refieres a cuando Harrison te usó como cebo para atraer a Jozef Demiri? —dijo Barnes. Apoyó los codos en su escritorio—. Continúa.

—Bueno, cuando le pregunté al respecto, Sharp dijo que cuando aún servía en la policía militar, un joven recluta del ejército murió en un accidente de motocicleta en la A20 entre Leeds y Harrietsham. Como sucedió fuera del cuartel, la Policía de Kent estuvo involucrada. Harrison estaba destinado en Maidstone en ese entonces y era el oficial a cargo de la investigación. Harrison ahora afirma que Sharp ocultó evidencia para proteger la reputación del ejército, mientras que Sharp sintió que la investigación original no fue llevada a cabo correctamente por Harrison y expresó sus preocupaciones en ese momento.

—Y todos conocemos la reputación de Harrison de hacer cualquier cosa para obtener un resultado —dijo Gavin.

Kay notó cómo se pasaba una mano por su nariz deformada—. Exactamente.

—Entonces, ¿quieres decir que Harrison tomó atajos para obtener un resultado rápido en ese entonces? —dijo Carys.

—Sí. El consenso general fue que se trató de una muerte accidental causada por imprudencia, y eso fue respaldado por la investigación del forense. Sharp sostuvo en ese momento, y aún lo hace, que había algo más.

—¿Por qué han sometido a Sharp a una investigación de Estándares Profesionales por eso? —dijo Gavin.

—Debido a lo que sucedió el año pasado, supongo que las autoridades necesitan asegurarse de que el antagonismo entre Sharp y Harrison no afectó el resultado de este caso.

—Bueno, no se pierde el amor entre los policías militares y la policía —dijo Barnes, con la boca torcida—. ¿Qué tiene que ver todo esto contigo?

Kay se encogió de hombros—. Conozco a Sharp desde hace mucho tiempo. Si él piensa que hay más en la muerte de Jamie Ingram que un caso de muerte accidental, entonces me inclino a confiar en sus instintos.

Barnes se levantó de su silla, se inclinó y tomó uno de los documentos del escritorio de Kay. Levantó una ceja.

—Aquí dice que Sharp es amigo de la familia Ingram. ¿No crees que eso pueda haber influido en su pensamiento?

—Tal vez, pero no lo sabré hasta que haya echado un vistazo más de cerca y hablado con ellos.

—¿Hay alguna razón por la que te lo estás guardando para ti? —dijo Carys. Cruzó los brazos.

Kay miró de ella a los otros dos detectives que estaban alrededor de su escritorio—. Bueno, solo pensé que probablemente sería más seguro dejaros fuera de esto. Después de todo, tienen carreras prometedoras por delante —Su boca se torció—. Excepto Barnes, por supuesto.

—Oye.

Esperó hasta que las risas se apagaron, luego se puso seria una vez más—. Miren, según Sharp, esto podría descubrir algunas cosas que podrían dificultar las cosas aquí políticamente. Después de todo, toda la División está bajo una nube gracias a las acciones de Harrison el año pasado, a pesar del resultado que obtuvimos. No quería arrastrarlos a todos conmigo. No como la última vez.

Barnes resopló—. Nunca nos has hecho hacer nada que no quisiéramos hacer, Kay. Siempre hemos sido un equipo. Eso significa que también cuidamos de Sharp. Él haría lo mismo por cualquiera de nosotros. Él te defendió.

Kay miró por encima del hombro de Barnes y se aseguró de que los otros oficiales que trabajaban en el extremo opuesto de la sala de incidentes estuvieran fuera del alcance del oído.

—Tenemos que mantenerlo entre nosotros hasta que pueda convencer al inspector jefe Larch de que tenemos motivos para reabrir un caso sin resolver y hayamos reunido suficientes pruebas para demostrar la teoría de Sharp, ¿entendido?

—Entendido —dijo Gavin. Se acercó y luego se inclinó y tomó el mapa de carreteras del escritorio de Kay antes de echar un vistazo al lugar del accidente demarcado—. Cualquier cosa para ayudar a Sharp, ¿verdad?

—¿Están absolutamente seguros de que quieren hacer esto?

Gavin y Carys asintieron, sus rostros ansiosos.

—Todos para uno —dijo Barnes.

CAPÍTULO 7

Kay había notado a su regreso al trabajo que el inspector jefe que había conocido el año anterior había cambiado drásticamente durante su ausencia.

Se había esfumado aquel oficial superior directo y desagradable con el que se había enfrentado más de una vez. En su lugar había un hombre que, francamente, parecía empequeñecido, y se preguntaba qué impacto habían tenido los últimos tres meses en él.

A pesar de su apariencia externa, debió haber sido devastador para él tener a un detective en el hospital y a otro detective más experimentado y respetado bajo la sombra de una investigación interna, a pesar del desmantelamiento de una de las mayores organizaciones de tráfico de personas en la historia de Kent.

Donde antes se podía contar con que Angus Larch le creara problemas, en su lugar había ahora un hombre que parecía reticente, incluso intimidado.

Aún no había logrado medir las razones. Estar alejada del ajetreo de la comisaría del condado la había protegido de las repercusiones políticas del caso anterior en el que ella y Sharp habían trabajado, y sentía que aún estaba encontrando su lugar en su nuevo puesto, a pesar de la confianza que se aseguraba de proyectar.

Se acomodó en su asiento y colocó la carpeta manila sobre su regazo mientras el inspector jefe tomaba su lugar detrás del escritorio y juntaba las manos frente a él.

—Tú y yo normalmente hacemos todo lo posible por evitarnos, Hunter, así que ¿qué demonios te trae a mi puerta en una mañana lluviosa y ventosa?

—Creo que tengo una forma de mejorar nuestros objetivos, jefe.

—Muy bien. Tienes mi atención.

Kay había pasado la noche anterior en casa planeando su enfoque para hablar con su oficial superior. Sabía que tenía que apelar a su ego y al de la División, por lo que no estaba demasiado preocupada por la reunión improvisada. De hecho, esperaba con ansias el desafío.

—Señor, creo que tengo suficientes pruebas para sugerir que reabramos el caso de la muerte de Jamie Ingram.

Observó cómo los ojos de Larch se entrecerraban.

—Un accidente de motocicleta, ¿no? ¿Hace unos diez años?

—Ese mismo.

Él separó las manos y se reclinó en su silla. —Continúa.

—En su momento, el oficial a cargo de la investigación no tuvo en cuenta la experiencia de la víctima como motociclista. También omitió considerar las pruebas de la Policía Militar Real que indicaban que la víctima había concertado una reunión urgente con su oficial al mando, a la que nunca asistió debido a que su muerte ocurrió unos dos días antes de esa reunión.

Cuando Larch permaneció en silencio, ella continuó.

—Ingram había recibido una llamada telefónica la noche de su muerte. En ese momento, sus padres declararon que parecía extremadamente nervioso al regresar de su último destino. No les contaba nada cuando le preguntaban. Según los testigos, es muy inusual que un soldado raso solicite una reunión con su oficial al mando. Algo debía estar molestándole.

Larch chasqueó los dedos y señaló la carpeta en el regazo de Kay. —¿Tus notas?

—Jefe.

Ella le pasó la carpeta por encima del escritorio y cruzó las piernas.

—Harrison fue el oficial a cargo de la investigación, ¿no es así?

—Sí, jefe. Trabajaba en Maidstone en ese momento, antes de ser transferido a la Met.

—¿Cuál fue la conclusión de la policía militar en el caso?

—La versión oficial fue que no había suficientes pruebas para sugerir un crimen.

—¿Y Sharp era el enlace con el ejército?

—Sí.

Hojeó las páginas antes de levantar la mirada hacia ella. —¿Has hablado con Sharp?

—Sí, jefe.

—¿Cómo está?

—Frustrado, jefe.

—Hmm.

Ella esperó mientras él leía el resumen ejecutivo de una página que había preparado y dejado en la parte superior de los documentos en el archivo, antes de que comenzara a profundizar en el contenido de la carpeta una vez más. Después de lo que pareció una eternidad, no pudo soportar más el silencio.

—Jefe, he estado pensando que, dada la reputación de Harrison por su trabajo de investigación deficiente, evidenciada por sus acciones a finales del año pasado, y que Sharp está actualmente bajo una investigación de Estándares Profesionales iniciada por Harrison, deberíamos echar otro vistazo a la muerte de Jamie Ingram. Tal vez Sharp tenía razón en ese momento. Quizás había más detrás de esto de lo que Harrison descubrió.

Larch dejó caer la carpeta sobre el escritorio entre ellos y cruzó los brazos sobre el pecho. —¿Cuál es tu motivo, Hunter?

—¿Motivo, jefe?

—¿Por qué te estás involucrando?

Kay bajó la mirada y luego levantó la cabeza una vez más y se encontró con sus ojos. —Le debo una, jefe. Éramos un buen equipo y no es justo lo que le ha pasado. Que Harrison haya sido descubierto no significa que sea correcto lanzar barro contra Sharp. Es uno de los mejores que tenemos.

Él se pasó una mano por la mandíbula y luego se inclinó hacia adelante. —La investigación de Estándares Profesionales sobre la conducta de Sharp fue una movida política de la División Este. Una especie de ojo por ojo por nuestra exposición de Harrison. Nos vimos perjudicados gracias a la implicación del oficial O'Reilly con Harrison el año pasado, pero no tanto como ellos. En este momento, las autoridades están analizando cómo se asignará el presupuesto del próximo año en todo el condado.

—Entonces, sería conveniente para nosotros demostrar que Sharp tenía razón sobre la muerte de Ingram. Después de todo, si tiene razón y Harrison se equivocó, tenemos a un asesino que ha estado caminando libre durante los últimos diez años, ¿no es así? Y si resolvemos esto, ayudaría a presionar a la División Este. Gran exposición mediática para la División Oeste, ¿verdad?

—Sabes, para alguien que dice no estar interesada en la política del puesto, Hunter, ciertamente tienes un ojo agudo para jugar el juego.

Kay tragó saliva, sin palabras. —Yo… yo…

Él sonrió; algo que ella nunca había visto hacer al inspector jefe Angus Larch en su presencia.

Le recordó a un tiburón.

Golpeó con el dedo índice sobre la carpeta. —¿Qué tan segura estás de esto?

Ella tomó un profundo respiro y pasó los siguientes cinco minutos repasando los hechos conocidos de la investigación original y su curso de acción previsto, y luego se reclinó en su asiento y esperó.

Larch giró de un lado a otro en su silla, mirando al techo mientras contemplaba sus palabras. Finalmente, bajó la mirada hacia ella y se inclinó hacia adelante.

—Muy bien. Estoy de acuerdo en que tienes motivos suficientes para reabrir el caso. ¿Qué vas a hacer con los recursos?

—He hablado con los detectives Barnes, Miles y Piper —dijo Kay—. Todos están entusiasmados por formar parte de la investigación y, dada su carga de trabajo actual, creo que esto no les llevaría más de una o dos horas al día dentro de los parámetros actuales.

—¿Así que no hay requisitos de presupuesto adicionales?

—No, jefe.

No mencionó que el equipo ya había acordado trabajar fuera de horario si eso probaba la afirmación de Sharp de que la muerte de Jamie Ingram no había sido un accidente.

Harían todo lo necesario para que Sharp volviera al trabajo.

—Muy bien. —Empujó la carpeta hacia ella—. Tienes mi aprobación.

Kay se levantó de la silla y se metió la carpeta bajo el brazo. —Eso es genial, jefe. Gracias.

Él asintió.

Ella se dio la vuelta para alejarse de su escritorio, pero se detuvo y miró por encima del hombro. —¿Jefe? Sé que no siempre hemos estado de acuerdo, pero…

Se detuvo, sin saber cómo continuar.

Larch alzó una ceja. —Suéltalo ya, Hunter.

—Se ve cansado, jefe. ¿Está todo bien?

Él resopló. —¿Aparte de tenerte de vuelta aquí, fastidiándome para que te saque de las tareas ligeras, dices?

Ella forzó una sonrisa, pero no dijo nada.

Él suspiró y la despidió con un gesto. —Nada de lo que debas preocuparte por el momento, Hunter. Ahora, sal de mi vista y no dejes que te pille armando líos como sueles hacer.

Ella se dirigió a la puerta y se volvió en el último momento.

—Todos estamos del mismo lado, jefe. Recuérdelo.

CAPÍTULO 8

Cuatro rostros expectantes se volvieron hacia ella cuando entró en la sala de incidentes a las seis de la tarde.

—¿Debbie? ¿Qué haces todavía aquí?

—Necesitas toda la ayuda posible —dijo la agente de policía uniformada—, y quiero ayudar.

—Gracias.

—¿Qué dijo Larch? —preguntó Barnes, girándose en su silla mientras Kay pasaba a zancadas y se dirigía a la oficina de Sharp.

—Podemos comenzar.

—*Sí.* —Gavin chocó los cinco con Carys.

—Vamos. Aquí dentro.

—¿No habías dicho que no ibas a usar la oficina de Sharp? —dijo Carys.

Kay esperó hasta que los cuatro se hubieran unido a ella—. De esta manera, mantenemos nuestra investigación separada del funcionamiento diario de la sala de incidentes —explicó—. Aunque Larch ha aprobado la investigación, creo que políticamente está nervioso de que la División Este se entere; todavía están dolidos porque expusimos a Harrison el año pasado.

—Ojo por ojo —comentó Barnes.

—Eso es exactamente lo que él dijo. Tampoco hay horas extras disponibles, así que, si tenéis dudas, decídmelo. No es un problema; todos tenéis vidas fuera del trabajo y otras responsabilidades.

Le hizo un gesto a Barnes para que la ayudara, y luego sacó una pizarra blanca de repuesto de la sala de incidentes y la colocó contra la pared en la oficina de Sharp, empujando su escritorio a un lado para hacer espacio.

Gavin movió una desgastada silla de visitas hacia la ventana mientras Carys y Debbie traían otras de repuesto, y luego Kay abrió su carpeta y fijó una fotografía de Jamie Ingram en la pizarra.

—Un repaso rápido de parte de la información que aún no habéis escuchado —dijo—. Jamie Ingram murió en un accidente de motocicleta hace diez años. Ocurrió en la A20 entre Leeds y Hollingbourne, cerca del cruce en T de Broomfield. Como dije, en ese momento, la investigación de la Policía de Kent fue supervisada por Simon Harrison.

Un murmullo de descontento recorrió la sala, y vio cómo el labio superior de Barnes se curvaba en una mueca de desprecio.

—Sí, sé lo que todos pensáis de él, pero dejadme continuar. Sharp todavía estaba en el ejército en ese momento, en la Policía Militar Real. El ejército no pudo reclamar jurisdicción en la investigación porque sucedió fuera del cuartel, pero Sharp conocía a los padres de Jamie y llevó a cabo su propia investigación en paralelo con la de la Policía de Kent. Creo que de ahí surge el antagonismo entre Sharp y Harrison. Harrison ya tenía entonces la reputación de hacer cualquier cosa para cerrar un caso, y Sharp había expresado preocupaciones de que podría haber más en el accidente de Jamie de lo que se estableció originalmente.

—¿Qué pasó cuando la investigación del forense lo dictaminó como un accidente? —preguntó Carys—. ¿Qué dijo el ejército al respecto?

—El ejército aceptó el dictamen. Tengo la impresión, al leer el expediente original, de que pensaban que la insistencia de Sharp en que hubo un crimen era un poco exagerada.

—¿Qué sabemos sobre Jamie Ingram? —dijo Barnes.

—Un soldado modelo, por lo que parece. Sin antecedentes disciplinarios, sin problemas cuando estaba fuera del cuartel. Aparte de un par de multas por exceso de velocidad, no causó ningún problema por lo que puedo decir. Entonces, ¿por qué lo mataron?

—Motivos —dijo Gavin, contando con los dedos—. Venganza, dinero, celos…

—Muy bien, señor aprobó-su-examen-el-año-pasado —dijo Barnes—. Ahora descarta algunos y dinos por qué.

—Dices que Sharp mencionó que Jamie concertó una cita con su oficial al mando antes de morir —dijo Carys—. ¿Y si alguien tenía algo que ocultar, se enteró de que Jamie estaba a punto de delatarlo y decidió matarlo?

—De acuerdo. ¿Qué?

—Debió de ser algo grande, para querer silenciarlo permanentemente —dijo Barnes.

—Sharp dijo que el padre de Jamie afirmó que su hijo recibió una llamada telefónica la noche de su muerte y pareció conmocionado por ella. No pudo escuchar lo que se decía, porque Jamie miró el número y salió fuera para contestar el teléfono —dijo

Kay. Escribió en su cuaderno—. Preguntaré a los padres si les devolvieron el teléfono móvil de Jamie después de la investigación.

—¿Crees que lo habrán guardado todo este tiempo? —dijo Gavin.

—Te sorprendería lo que las familias en duelo conservan. Especialmente los teléfonos móviles; a menudo el mensaje del buzón de voz es la última vez que escucharán la voz de esa persona.

—Revisaré la base de datos para ver si se retuvo algo en la jefatura —dijo Debbie.

—Gracias, eso es una cosa menos en mi lista. Bien, tareas para mañana entonces. Carys, ¿puedes localizar al oficial principal a cargo de la investigación original de Tráfico? A Harrison no se le habría dado ese papel, pero habría estado en contacto con esa persona. Por favor, programa una cita para que me reúna con él o ella en el sitio original del accidente, ya que me gustaría verlo por mí misma.

—Lo haré.

—Barnes, planeo visitar a los padres de Jamie Ingram mañana. Me gustaría que vinieras conmigo, así que nos presentaremos oficialmente y les haremos saber que estamos reabriendo la investigación. Serás mi segundo al mando en esto, ¿de acuerdo?

—Suena bien.

—Gavin, ¿puedes revisar las declaraciones originales con Debbie y hacerme saber si necesitamos volver y aclarar algo? También me gustaría que elaboraras una lista de personas con las que deberíamos hablar de nuevo, especialmente sus colegas del ejército. Averigua dónde está su oficial al mando estos días; quiero hablar con él esta semana, si es posible.

—Jefa. —Le dio una sonrisa torcida cuando ella abrió la boca para corregirlo—. Sí, sí, ya lo sé.

Todos se rieron.

Kay se frotó el ojo derecho—. Bien, es suficiente por hoy. Todo esto tiene que hacerse después de vuestras tareas habituales del día a día. No podemos dejar que nuestros compromisos habituales se descuiden, ¿entendido?

Un murmullo de acuerdo resonó en las paredes de la oficina.

—De acuerdo, nos vemos por la mañana. Veamos si Sharp está en lo cierto.

CAPÍTULO 9

—Supongo, por la manera en que entraste rebotando por la puerta, que Larch te ha dado luz verde.

Kay sonrió mientras dejaba su bolso en la encimera de la cocina y alborotaba el pelo entre las orejas de Rufus.

—Lo has adivinado.

Adam le entregó una copa de vino mientras ella se acomodaba en uno de los taburetes y se quitaba los zapatos. Él hizo un gesto hacia su brazo.

—¿Estarás bien dirigiendo esa investigación además de todo lo demás que tienes que hacer? Después de todo, acabas de terminar la fisioterapia.

—Estaré bien. Si la semana pasada es un indicio, pasé la mayor parte del tiempo delegando trabajo a todos los demás mientras tenía que sentarme en reuniones en la jefatura.

—¿Todavía tendrás que ir a esas?

Ella arrugó la nariz. —Probablemente.

—Es una lástima que no puedas delegar esas a alguien.

Ella dirigió su atención al perro a su lado. —¿Cómo ha estado este hoy?

Adam se encogió de hombros. —Quejándose un poco. Lo estoy vigilando. Como las personas cuando están enfermas, tiene sus días buenos y malos. No te preocupes, solo ha estado con la dosis baja de analgésicos hasta ahora, y la he aumentado un poco. Todavía está comiendo y le encanta salir al jardín durante el día.

Kay bebió un sorbo de vino y se frotó la nuca. Un satisfactorio *clic* llegó a sus oídos cuando un músculo se aflojó, y cerró los ojos.

—Escuché eso —dijo Adam—. Estás demasiado tensa.

Ella abrió los ojos y sonrió. —Estaba demasiado tensa sentada sin hacer nada. Es mucho mejor tener algo en qué concentrarse, y lo mejor de todo es que los demás también están interesados en ayudar.

—¿Cómo va a funcionar eso?

—Bueno, Larch ha dejado muy claro que tengo

que gestionarlo en mi tiempo libre. Gavin me pilló mirando los archivos viejos, y antes de darme cuenta todos querían participar en la investigación. Están haciendo gran parte del trabajo de campo por mí entre sus otros compromisos laborales, y podemos tener una reunión informativa cada noche para hacer un seguimiento del progreso. Todos echamos de menos a Sharp, Adam. Queremos que vuelva.

La respuesta de Adam fue interrumpida por el timbre de la puerta.

—Yo voy, será Deepak con la comida.

Kay esperó mientras Adam se dirigía a la puerta principal y charlaba con el hombre mayor cuya familia dirigía su restaurante indio para llevar favorito.

El hombre dejaba que sus sobrinos manejaran el negocio, prefiriendo encargarse del servicio de entrega y ponerse al día con clientes habituales como Kay y Adam, que dependían del servicio de comida para llevar local cuando estaban demasiado ocupados (o demasiado cansados) para cocinar ellos mismos.

Podía escuchar a Adam bromeando con él ahora mientras le entregaba el dinero por la comida antes de que se cerrara la puerta principal, y el sonido de los pasos de Adam llegó a sus oídos.

Levantó la vista cuando él volvió a entrar en la cocina, y luego alzó una ceja. —¿Tres porciones?

Él logró parecer un poco arrepentido. —Le pedí un biryani de pollo a Rufus.

—¿Es prudente?

Los ojos de Adam cayeron sobre el pastor alemán que había levantado la cabeza del edredón en la esquina. —Está bien, les pedí que evitaran las cebollas o cualquier cosa que los perros no deban comer y no es muy picante. Pensé que se lo merece. Después de todo, no le queda mucho tiempo. Bien podría disfrutar el que le queda.

Kay sonrió mientras Adam colocaba la bolsa de comida en la encimera junto a ella, sacaba platos del armario sobre el microondas y luego servía su comida antes de tomar la mitad del contenido del tercer recipiente y echarlo en el cuenco de Rufus.

Le alborotó las orejas al perro mientras colocaba el cuenco junto al edredón doblado, y luego sonrió cuando Rufus hundió el hocico en el arroz.

—Creo que lo está inhalando —dijo Kay, y rellenó sus copas de vino.

—Te dije que le gustaría.

Guardaron silencio por un rato, cada uno saboreando las especias y sabores de sus platos favoritos antes de que Kay dejara su tenedor y tomara un sorbo de su vino.

—Dios, está delicioso. Espero que nunca vendan el negocio.

—Lo sé. —Adam apartó su plato vacío y se recostó en su taburete, con una expresión de satisfacción en su rostro—. ¿Cuáles son los siguientes pasos en tu investigación?

—Barnes y yo vamos a ir a la granja de los Ingram mañana al mediodía para hablar con los padres de Jamie. De todos modos, necesitamos informarles que el caso se está reabriendo como cortesía, además quiero revisar sus declaraciones de hace diez años con ellos y ver si puedo descubrir algo que Harrison no consideró.

—¿Larch está de acuerdo con que hagas esto?

—Sí, de hecho, parecía bastante solidario. Creo que lo convencí de que el riesgo de reabrir un caso que Harrison había cerrado apresuradamente podría beneficiarlo si podemos probar la teoría de Sharp.

—¿Quieres decir, haciendo quedar bien a Larch?

—Sí.

Adam levantó su copa de vino y la chocó contra la de ella. Guiñó un ojo. —Te estás volviendo toda una política, Hunter.

Kay levantó la barbilla y dejó su copa. —No empieces tú también. Eso es lo que él dijo.

Adam se rio. —No lo tomes a mal. Es bueno, significa que estás aprendiendo a usar sus ambiciones para satisfacer tus propias necesidades. Si todo sale según lo planeado, recuperas a Sharp, ¿verdad?

Ella sonrió y luego suspiró. —Sí, tienes razón. Extraño tenerlo cerca.

Él se puso serio. —Realmente no te gusta el ascenso, ¿verdad?

—No si va a ser como ha sido la semana pasada, no. No quiero estar atrapada en una oficina enviando a todos los demás a hacer las cosas interesantes. Estoy acostumbrada a arremangarme y meterme de lleno.

—¿Cómo crees que lo tomarán si renuncias al puesto y vuelves a ser oficial de policía?

Ella se encogió de hombros. —Dudo que me lo vuelvan a pedir.

—¿Te importa eso?

—No lo sé.

—Bueno —dijo él, recogiendo sus platos y llevándolos al fregadero—. Quizás termina este caso y ve cómo te sientes. Pero no actúes con demasiada prisa, ¿de acuerdo? No me gustaría que te arrepintieras de nada.

CAPÍTULO 10

Kay desplazó la pantalla de su móvil para ver otro lote de correos electrónicos recién llegados mientras Barnes conducía el coche del departamento por las sinuosas y estrechas curvas hacia la granja de los Ingram.

Suspiró antes de arrojar el móvil de vuelta a su bolso a sus pies, y luego dirigió su atención al paisaje que pasaba mientras los limpiaparabrisas marcaban un ritmo intermitente.

Los altos setos a ambos lados del camino ocultaban los campos de la vista, pero, de vez en cuando, el coche pasaba por un hueco causado por una puerta, y un destello de tierra yerma pasaba en un instante, con los restos esqueléticos de los árboles destacándose contra el cielo gris.

—Al menos no está lloviendo fuerte —dijo Barnes—. No me apetece caminar por un maldito patio de granja con este clima.

Kay se apartó de la ventana y miró el pie de Barnes en el acelerador.

—Caramba, no me sorprende, llevando esos zapatos.

Su boca se tensó. —Emma insistió en que los comprara. Dice que son más apropiados para un detective que mi par habitual. Se ha vuelto bastante obstinada desde que empezó la universidad.

—¿Ah, sí?

—Me los regaló por mi cumpleaños el mes pasado, así que no podía decir que no, ¿verdad?

—¿Y qué opinas de ellos?

—Me están matando los pies.

Kay se rio, luego señaló un poste indicador al que se acercaban.

—Es aquí. La granja debería estar a un kilómetro y medio más o menos por aquí.

—Leí la declaración que Harrison tomó del padre de Jamie hace diez años —dijo Barnes, encendiendo el intermitente y frenando antes de girar a la izquierda —. No sabía que Sharp había servido con él en el ejército.

—Sí, aparentemente se alistaron al mismo tiempo. Michael Ingram fue desmovilizado después de tres años cuando su padre murió repentinamente, y se hizo cargo de la granja familiar.

Barnes redujo la velocidad cuando una estructura baja de granero apareció a la vista por encima de un seto. —¿Cómo quieres hacer esto?

—He estado pensando en eso. Me gustaría empezar explicando que se ha reabierto la investigación sobre la muerte de Jamie, y luego dejar que nos cuenten lo que pasó en ese momento, en lugar de revisar las viejas declaraciones que dieron.

—¿Crees que los últimos diez años podrían haber revelado más información?

—Tal vez. Estoy segura de que han repasado una y otra vez en sus mentes lo que sucedió.

—No me dio la impresión por sus declaraciones originales de que pensaran que no había sido un accidente.

—No, pero creo que Sharp y el padre de Jamie se guardaron esa teoría para sí mismos y es posible que la discutieran después del veredicto del forense. Supongo que no querían molestar a la madre de Jamie, especialmente si sus sospechas resultaban ser infundadas.

—Buen punto.

El viento atrapó el cabello de Kay cuando salió del asiento del pasajero, y se enganchó un mechón rebelde detrás de la oreja antes de cerrar la puerta del coche.

El dulce hedor del estiércol llegaba desde un montón que había sido apilado junto al granero, y Kay recordó las clases de equitación en vacaciones cuando era niña. Una lona de plástico azul aleteaba con la brisa, exponiendo la potente mezcla de paja y estiércol.

Un cobertizo para maquinaria se extendía a lo largo del lado derecho del espacio abierto, sus amplias puertas dobles exponían un hueco a través del cual podía ver un gran tractor de color verde y surtido equipo. El techo parecía haber sido reparado recientemente en algunos lugares, con el hierro corrugado nuevo contrastando pálidamente con el original.

En algún lugar en la distancia, podía oír otro tractor en los huertos; un recordatorio de que el trabajo en una granja era constante, sin importar la temporada.

Reprimió una sonrisa mientras Barnes zigzagueaba entre los baches inundados en la superficie del patio de la granja, y luego dirigió su atención a la casa de campo de estilo georgiano cuadrada.

Imaginó que en primavera sería un lugar idílico, rebosante de vida mientras los trabajadores de la granja se esforzaban por aprovechar al máximo el clima más cálido.

Ahora, sin embargo, la tierra circundante era poco acogedora, un frío helado aferrándose al campo.

Se estremeció cuando Barnes se unió a ella en el escalón de la entrada.

—¿Lista?

—Adelante.

Extendió la mano y presionó el timbre instalado en el lado derecho del marco, aguzando el oído para escuchar sus tonos dulces sonando dentro del santuario interior de la casa.

Después de lo que pareció una eternidad, oyó pasos acercándose antes de que la puerta se abriera bruscamente y un hombre se asomara.

Su rostro se suavizó cuando la vio, y extendió su mano.

—Usted debe ser la inspectora Kay Hunter.

Sorprendida, le estrechó la mano antes de darse cuenta de que su mandíbula se había caído. —¿Sharp…?

—Me llamó anoche —dijo, y se encogió de

hombros—. Probablemente no sea el protocolo, pero…

—Se conocen desde hace mucho tiempo.

—Exactamente.

Kay hizo un gesto hacia Barnes y lo presentó.

—Pasen, por favor, y llámenme Michael. —El granjero se hizo a un lado para dejarlos pasar—. No se preocupen por sus zapatos. Tenemos dos spaniel springers, así que no tienen nada de qué preocuparse. Vamos a la cocina, Bridget tiene la tetera puesta.

Kay lo siguió, con Barnes a sus talones mientras Michael Ingram los guiaba por un pasillo de piedra.

Llevaba un par de jeans desgastados con un jersey verde gastado, cuyo cuello dejaba ver el cuello arrugado de una camisa, y caminaba con el paso de un hombre al que no le gustaba perder el tiempo.

Aceleró el paso para mantenerse a su altura.

Una mujer se levantó de una silla en una mesa de pino para seis personas cuando entraron en una enorme cocina que ocupaba dos tercios de la longitud de la casa de campo.

—Esta es mi esposa, Bridget.

—Gracias por recibirnos esta mañana —dijo Kay, estrechando la mano de la mujer.

—No hay de qué —dijo Bridget—. Por favor, siéntense. ¿Tomarán té?

—Maravilloso —dijo Barnes, colocándose lo más cerca posible de la gran cocina Aga que se encontraba junto a los armarios.

Los dos perros levantaron la cabeza de sus camas cuando él se sentó, pero rápidamente perdieron el interés cuando se dieron cuenta de que no recibirían ninguna golosina.

Kay esperó mientras los Ingram se afanaban en preparar las bebidas, y una vez que todos estuvieron sentados alrededor de la mesa, centró su atención en la pareja frente a ella.

—No estoy segura de cuánto pudo decirles el inspector Sharp, pero puedo confirmar que, basándonos en nueva información y a la luz de otros factores, se me ha encargado reabrir la investigación sobre la muerte de su hijo Jamie.

Bridget levantó una mano temblorosa hacia su boca.

Su marido se acercó y entrelazó sus dedos con la otra mano de ella antes de volver su atención hacia Kay.

—Sharp dijo que podíamos contar con usted.

—Pueden hacerlo. —Tragó saliva mientras Michael apretaba la mano de su esposa, y luchó por enterrar sus propios recuerdos que amenazaban con aflorar. Se dio cuenta de que

Barnes la miraba fijamente, pero negó con la cabeza.

No era el momento.

—Muy bien, entonces, ¿qué nueva información han recibido?

CAPÍTULO 11

—No puedo dar detalles específicos porque implica una investigación interna en curso sobre otros asuntos. Lo que puedo decirles es que mi revisión de los eventos en aquel momento y esta revisión actual del caso cuentan con el apoyo total de mi inspector jefe.

—Entonces, ¿podríamos pasar por todo esto y aun así usted podría no ser capaz de anular el veredicto del forense?

—Lo siento, sí. Así es. Sin embargo, les prometo que trabajaré diligentemente con mi equipo, volveré a entrevistar a todos los que conocían a Jamie en ese momento e investigaré todos los ángulos.

—Bien —dijo Bridget—. Recuerdo al hombre de la policía con el que hablamos hace diez años. Parecía que ya había decidido que fue un accidente, a pesar de lo que Michael le dijo en ese momento.

Levantó su taza de café a los labios y evaluó a Kay por encima del borde.

Kay se relajó, dándose cuenta de que la madre de Jamie la había aceptado. Se reclinó en su silla, acunando su propia taza de té en el regazo. Después de asegurarse de que Barnes estuviera listo para tomar notas, comenzó.

—Sería de gran ayuda si pudiera tener algunos antecedentes sobre ustedes, como dónde se conocieron y cómo se adaptaron de la vida militar a la vida en una granja.

Michael extendió la mano hacia la de su esposa y sonrió. —Bueno, probablemente ya notó el acento de Bridget, aunque ha vivido aquí durante los últimos treinta y cinco años. Yo estaba destinado en Alemania cuando la conocí. Eso fue en los años ochenta. Estuve basado en Rheindahlen durante seis meses, y cuando mi unidad regresó a Inglaterra, Bridget vino conmigo. Nos casamos un año después.

—Mis padres estaban mortificados —dijo Bridget, y logró una pequeña risa—. Afortunadamente, les demostramos que estaban equivocados, y antes de morir les gustaba pasar los veranos aquí en la granja con nosotros y los niños.

—Entiendo que usted heredó la granja, Michael. ¿Eso fue cuánto tiempo después de que regresara de Alemania?

—Alrededor de nueve meses. Había recibido noticias de mi hermana de que mi padre había enfermado, y sabíamos en nuestros corazones que no le quedaba mucho tiempo. Hablé con mi oficial al mando, y acordamos que renunciaría a mi comisión para hacerme cargo de la administración de la granja. Mi hermana no tenía interés en el negocio; vive en Escocia y tenía dos niños pequeños en ese momento. —Se encogió de hombros—. Era natural que yo me hiciera cargo del negocio familiar.

—¿Cuándo llegó Jamie?

—Habíamos vivido aquí por un año más o menos cuando descubrí que estaba embarazada —dijo Bridget—. Descubrir que llevaba gemelos fue un poco impactante; la cosecha no había sido buena ese año y el dinero escaseaba.

Michael retomó la historia. —Logré pedir prestado un poco de dinero al banco para salir adelante. Afortunadamente, pude pagar ese préstamo por completo al año siguiente, pero mirando hacia atrás, fue una época bastante aterradora para nosotros.

—Me imagino que debe haber sido todo un acto

de malabarismo para ustedes, administrar una granja con dos niños pequeños corriendo por ahí —dijo Kay.

—Excepto que no piensas en eso en el momento —dijo Bridget—. Mirando hacia atrás ahora, parece bastante idílico, pero tienes razón, fue un trabajo jodidamente duro.

Kay colocó su taza en la mesa y alcanzó su cuaderno, hojeando las páginas.

—No recuerdo que el hecho de que Jamie y su hermana fueran gemelos se hubiera captado en las declaraciones originales.

—Eso demuestra cuánta atención prestó el detective que investigó al caso —dijo Bridget—. Se lo dijimos, aunque Natalie tiene el pelo ligeramente más oscuro que su hermano, y es bastante diferente en personalidad.

—Terca —dijo Michael. Llevaba una sonrisa irónica—, y todavía logra envolverme tenerme en la palma de su mano.

—¿Cómo se llevaban ella y Jamie?

—Eran muy unidos. Cuando Jamie se metió en las motocicletas, Natalie a menudo era la que construía rampas improvisadas y lo ayudaba a construir puentes sobre arroyos por aquí para que pudiera probar sus habilidades.

—Necesitaré hablar con Natalie, junto con los

amigos de Jamie, pero ¿podrían contarme sobre los días previos a su muerte?

Michael suspiró y apartó su taza de café. —Supongo que es todo en retrospectiva, pero algo parecía estar molestándolo. Había regresado de Afganistán un par de semanas antes, y no lo vimos durante unos días. Cuando finalmente apareció por aquí, parecía distraído e incapaz de asentarse.

—Intentamos hablar con él —dijo Bridget—, pero no nos decía qué pasaba. Al principio, pensé que podría estar avergonzado por algo que había sucedido, tal vez había terminado con una chica o algo así. Me preocupé más a medida que pasaban los días, porque parecía retirarse dentro de sí mismo. Lo encontraba allí parado, en el fregadero de la cocina, mirando al vacío por la ventana. Le preguntaba qué le pasaba, pero no me lo decía.

Se detuvo y sorbió por la nariz.

—¿Alguna vez fue tratado por trastorno de estrés postraumático?

—No, afortunadamente para nosotros, nunca salió de patrulla —dijo Michael—. Su puesto estaba en suministros y logística, así que siempre estaba en la base. Su trabajo era asegurarse de que los vehículos y el equipo estuvieran disponibles en todo momento y se mantuvieran en buenas condiciones.

—¿Habló con su hermana en algún momento durante este tiempo?

—Sí —dijo Michael—. Natalie estuvo aquí tres días antes de que Jamie muriera. También intentó sacarlo de su estado de ánimo, pero pareció que solo lo empeoró. Tuvieron una discusión al final de esa tarde; no escuché de qué se trataba, pero conociendo a Natalie, probablemente lo estaba regañando. —Se encogió de hombros—. No es la persona más paciente, y creo que quizás lo atacó. De todos modos, terminó con ella saliendo furiosa por la puerta, y Jamie ni siquiera se molestó en ir tras ella.

—¿Discutían a menudo?

—Discutían, como lo hacen todos los hermanos —dijo Bridget—. Eso era más parecido a lo que pasó. No parecía una gran discusión. Solo voces alzadas. Sé que Natalie quedó devastada cuando Jamie murió; después de todo, sus últimas palabras fueron dichas con enojo.

—Lo siento, sé que esto es difícil para ustedes. El día que Jamie murió, ¿sucedió algo inusual?

Michael suspiró. —Le dijimos al detective en su momento. Jamie recibió una llamada en su móvil tarde esa noche mientras aún estaba aquí. No quiso decirnos después de quién era, y cuando vio el número en la pantalla, salió para contestarla. No tengo idea de lo que se dijo, pero cuando volvió a entrar parecía físicamente enfermo. Estaba pálido y noté que le temblaban las manos.

Bridget se secó los ojos con un pañuelo. —No nos habló durante el resto de la noche. Desapareció en su habitación, y podía oírlo moverse. Subí una hora más tarde, y cuando llamé a su puerta me dijo que me fuera. —Sorbió por la nariz—. La última vez que lo vimos, estábamos viendo la televisión; yo estaba viendo el final de una película antigua en blanco y negro. Asomó la cabeza por la puerta de la sala y dijo que saldría un rato, y que no sabía cuándo volvería.

—La policía llegó aquí a las cinco de la mañana. Acabábamos de tomar una taza de té cuando llamaron a la puerta y nos enteramos de que Jamie había muerto. No llevaba identificación consigo, y hubo un retraso en la verificación de los detalles de registro de la motocicleta mientras lo llevaban de urgencia al hospital. Cuando localizaron nuestros nombres y dirección, ya era demasiado tarde: había fallecido debido a la gravedad de sus heridas.

Michael se estiró para coger un pañuelo de papel de una caja y se sonó la nariz.

Kay les dio un momento para recomponerse y luego consultó sus notas.

—¿Puedo preguntar, después de la investigación, les devolvieron el teléfono móvil de Jamie?

—Sí —dijo Bridget—. Me resistía a tirar cualquier cosa suya, pero al final decidimos que teníamos que seguir adelante; él nunca iba a volver, ¿verdad?

El corazón de Kay se hundió. —¿Y el móvil?

—Lo donamos a una de esas organizaciones benéficas de reciclaje unos tres años después de su muerte —dijo Michael—. Creo que nos dimos cuenta de que estábamos luchando por continuar con nuestras vidas sin él, así que pasamos un fin de semana juntos ordenando su antigua habitación aquí.

Bridget logró esbozar una pequeña sonrisa. —Eso nos acercó más. No le desearía a nadie pasar por lo que nosotros pasamos, pero teníamos que dejarlo ir.

Kay revisó sus notas y, satisfecha de haber cubierto todo, levantó la mirada hacia los Ingram. —Michael, Bridget, muchas gracias por tomarse el tiempo de hablar con nosotros hoy. Entiendo que es difícil hablar de Jamie después de tanto tiempo.

—Detective, por favor tenga cuidado al hablar con nuestra hija. La muerte de Jamie la afectó mucho —dijo Michael.

—Eran muy cercanos, ¿sabe? —dijo Bridget—. Natalie perdió todo contacto con sus amigos. Se encerró en sí misma durante mucho tiempo después. Tuvo que tener tres meses de terapia para ayudarla con su duelo después del accidente.

—Entiendo. Lo tendré en cuenta. —Kay empujó hacia atrás su silla y le hizo una señal a Barnes de que la entrevista había terminado.

Michael los acompañó de vuelta a la puerta principal y se detuvo un momento en el umbral antes de volverse hacia Kay.

—Descubra quién mató a mi hijo, detective. Alguien ahí fuera sabe algo, y su asesino ha estado caminando libre durante diez años.

—Haré todo lo que pueda, señor Ingram.

CAPÍTULO 12

Barnes redujo la velocidad del coche al entrar en el pueblo de Yalding, y luego frenó al acercarse a un puente estrecho que cruzaba el río Beult antes de unirse al río Medway, más grande.

Tamborileó con los dedos sobre el volante mientras esperaba que pasara el tráfico en dirección contraria, maldiciendo por lo bajo cuando un autobús pasó demasiado cerca para su gusto.

—Al menos el río no se desbordó este invierno —dijo Kay—. Por un momento, durante la Navidad, pensé que todo esto estaría bajo el agua otra vez.

Cuando el último vehículo pasó por su ventanilla, Barnes metió la marcha y aceleró. —Hace años que no vengo por aquí. ¿Dónde vive Natalie Ingram?

—Su apellido de casada es Stockton. Ella y su marido tienen una casa en Vicarage Lane.

Miró por encima de él hacia la gran iglesia del siglo XV que dominaba el límite del pueblo, con su mampostería de piedra caliza y arenisca contrastando con el cielo oscuro de arriba.

—Por aquí, a la derecha.

A medida que avanzaban por el camino, las casas a cada lado se hacían más grandes y estaban más separadas de sus vecinas.

—Deben de irles bastante bien si pueden permitirse vivir en esta parte del pueblo —comentó Barnes.

—Cuando Jamie murió, Natalie trabajaba en regulación financiera en la ciudad. No estoy segura de a qué se dedica ahora, pero supongo que en aquel entonces ganaba bastante dinero.

Hizo una pausa y señaló por la ventana. —Es esta, la que viene a la izquierda.

Dos pilares de ladrillo sostenían una verja de hierro forjado negro, que estaba abierta y conducía a un camino circular de grava. En el centro del círculo había una fuente ornamental y hierba de la pampa. La ostentación del entorno se suavizaba con una selección de juguetes infantiles para exterior esparcidos por la zona central de césped.

Kay dirigió su atención a la casa: con gabletes que sobresalían sobre las ventanas delanteras y un porche que sobresalía de la puerta principal, calculó que se había construido en los años 30 y luego se había ido mejorando con los años.

—Bonito lugar —dijo Barnes.

La boca de Kay se torció cuando él detuvo el motor y abrió su puerta.

—Bonito camino de entrada también. Esta vez no te ensuciarás los zapatos con barro.

Él le hizo un corte de mangas antes de cerrar la puerta de golpe, y ella se rio.

Una mujer de aspecto agobiado se asomó por la ventana del lado derecho del porche, y Kay oyó pasos antes de que Barnes tuviera la oportunidad de alcanzar el timbre.

Cuando se abrió la puerta, la mujer estaba en el umbral, con el pelo recogido en un moño desordenado que amenazaba con deshacerse.

Llevaba una camisa vaquera azul sobre unos leggins negros, con calcetines de colores cubriendo sus pies, y extendió la mano antes de que Kay pudiera abrir la boca.

—Natalie Stockton. Mamá y papá me dijeron que vendrían.

Kay reconoció la anticipación en la voz de la

mujer, y se presentó junto con Barnes. —¿Podemos pasar?

—Por supuesto. Vamos al despacho. Está un poco desordenado, me temo. Tengo dos pedidos enormes que debo entregar esta semana.

Los ojos de Kay recorrieron la decoración de buen gusto mientras seguía a Natalie hasta la habitación en la parte delantera de la casa, a su derecha.

Entraron en lo que Natalie había llamado el despacho, esencialmente una sala de estar que había sido reconvertida para un uso diferente.

Las paredes estaban pintadas en un tono blanco roto, complementado con obras de arte y objetos decorativos que sospechaba no provenían de los grandes almacenes locales. El efecto podría haber resultado pretencioso, pero se salvaba gracias a los dibujos infantiles que habían sido enmarcados y colgados junto a las obras profesionales. Un escritorio a medida ocupaba toda la longitud de una pared, su superficie oculta bajo retazos de tela, cuadernos de bocetos y revistas de decoración de interiores.

Natalie les indicó un sofá de dos plazas bajo la ventana. —Pónganse cómodos. ¿Quieren algo de beber?

—No, así está bien, gracias. Y gracias por recibirnos sin cita previa. Lo apreciamos.

Natalie cogió la silla junto al escritorio y la giró hasta quedar frente a los dos detectives. Se sentó con un suspiro y se apartó un mechón rebelde de la frente.

—No pasa nada, me venía bien un descanso del ordenador y todo lo demás. A veces me doy cuenta de que han pasado horas y he estado encorvada sobre mi trabajo. Luego me pregunto por qué me duele la espalda. —Sonrió—. Después de tener a los niños, me aburría, así que inicié mi propio negocio de diseño de interiores. Es como siempre dicen, solo te estresas cuando estás ocupada, no tanto cuando no hay trabajo.

Barnes rebuscó en su bolsillo su libreta y la abrió. —¿Le importa si le pregunto para qué tipo de clientes trabaja?

—En absoluto. Es principalmente estilismo para revistas. A veces me piden que decore casas enteras, propiedades de alquiler, por ejemplo, cuando los propietarios quieren asegurarse de obtener el mejor precio de venta posible haciendo que las habitaciones se vean perfectas, con camas perfectamente hechas, telas preciosas, decoración impecable. Básicamente, nada parecido a cómo se ve este lugar cuando están los niños.

—Me imagino que tiene las manos llenas

dirigiendo un negocio desde casa con dos niños pequeños.

—Oh, Dios, sí. Por suerte, ahora van a la guardería tres días a la semana.

—Entiendo por la declaración original que dio que trabajaba en regulación financiera en la ciudad. ¿Lo echa de menos?

—Diablos, no. —Soltó una risa ahogada—. Demasiado estresante y muy machista. Dejar ese trabajo fue lo mejor que he hecho. Ni siquiera mantengo el contacto con la gente con la que solía trabajar. Soy mucho más feliz haciendo algo creativo.

—¿A qué se dedica su marido?

—¿Giles? Él sigue trabajando en la ciudad, es economista en uno de los bancos estadounidenses. Afortunadamente, lleva unos años en un puesto bastante alto, así que solo tiene que desplazarse durante la semana. Eso significa que puede pasar tiempo con los niños los fines de semana.

—¿Cuánto tiempo llevan casados?

Natalie sonrió. —Seis años. Nos conocemos desde hace ocho, pero creo que le llevó un tiempo armarse de valor para pedírmelo.

Kay se puso seria. —Como le dije a sus padres, siento que tengamos que molestarla esta mañana, y que algunas de nuestras preguntas puedan disgustarla, pero nos han autorizado a revisar nuevamente el accidente de moto de Jamie.

—¿Puedo preguntar por qué?

—No puedo revelar cuestiones operativas, pero puedo decir que esta investigación surge de un proceso de auditoría interna en curso.

—De acuerdo.

—Es posible que tengamos más preguntas en los próximos días a medida que aprendamos más sobre Jamie y las circunstancias de su accidente, pero por ahora, ¿podría decirme sobre qué discutieron la última vez que lo vio?

Los hombros de Natalie se desplomaron. —Fue una estupidez, en realidad. Especialmente después de lo que pasó. Estaba tratando de organizar una fiesta sorpresa para el aniversario de boda de nuestros padres, e intentaba coordinarla para que Jamie pudiera estar presente. Solo iba a estar de vuelta por unas semanas, y sabía que, si regresaba a Afganistán, podrían pasar otros seis meses antes de que lo viéramos de nuevo. Quería hacer la fiesta antes de que se fuera. —Exhaló un suspiro tembloroso, al borde de las lágrimas—. Estaba siendo un fastidio, para ser honesta. No tenía interés en ayudarme y dijo que era mejor si yo lo organizaba todo. Se ofreció a pagar la mitad de los gastos, por supuesto, pero no estaba siendo la persona más sociable. Parecía distraído, como si tuviera cosas más importantes que hacer.

—¿Por qué sintió que no podía hablar con sus padres sobre esto después de su muerte?

—Me culpaba en parte por su accidente. Él se esforzó por evitarme después de que discutimos, y yo no quería arruinar su tiempo con nuestros padres, así que no volví a la granja mientras él estuvo allí.

—Usted dice que no era la persona más extrovertida en ese momento. ¿Conocía a alguno de sus amigos?

—Cuando crecíamos, sí. Después de que se unió al ejército, pareció volverse distante. Las veces que nos visitaba, se reunía con uno o dos de ellos para tomar algo, pero no parecía que tuviera mucho en común con ellos ya. Creo que tenía un par de amigos en el ejército, personas con las que trabajaba, pero eso es todo.

—¿Mantuvo el contacto con alguno de sus amigos después de su muerte?

Natalie negó con la cabeza. —Mamá y papá probablemente se lo dijeron, pero yo estaba en muy mal estado después de la muerte de Jamie. Tuve que buscar terapia por un tiempo para ayudarme con el duelo. Siempre dicen que los gemelos son más cercanos que los hermanos normales, ¿no? Tal vez eso lo hizo tan difícil.

—Entiendo que esto es difícil para usted, y de nuevo, lamento tener que hacer estas preguntas, pero ¿puede pensar en alguien que hubiera querido hacerle daño a Jamie?

—¿Hacerle daño? ¿Qué quiere decir?

—Por favor, solo responda la pregunta.

—No, no puedo imaginar a nadie que quisiera hacerle daño. Papá era el que siempre estaba convencido de que había alguien más involucrado en el accidente de Jamie, pero Jamie no era el tipo de persona que se metía en problemas. Incluso en la escuela, se mantenía fuera de líos. Generalmente era yo quien recibía los castigos o la tarea extra.

Kay cerró su cuaderno y se levantó del sofá. —Creo que eso será suficiente por ahora, pero aquí está mi tarjeta de visita. La mantendré informada de cualquier novedad, pero mientras tanto, si recuerda algo que crea que pueda ayudarnos, por favor llámeme.

—Lo haré, gracias.

Los acompañó hasta el pasillo y les estrechó la mano.

—Detective Hunter, me doy cuenta de que tiene un trabajo difícil dado el tiempo que ha pasado desde la muerte de Jamie, pero por favor sepa que es importante para mí conocer la verdad.

Kay miró por encima de su hombro hacia donde Barnes se dirigía al coche, luego se volvió hacia Natalie y le ofreció una sonrisa tranquilizadora.

—También es importante para mí.

CAPÍTULO 13

—

Para cuando el equipo se reunió para el informe del día, la oscuridad ya había envuelto el pueblo del condado durante más de dos horas.

Kay reprimió un bostezo mientras Gavin y Carys entraban en la oficina de Sharp, y se propuso mantener la reunión breve.

Esperó hasta que Debbie hubiese cerrado la puerta antes de comenzar su resumen de las dos entrevistas que ella y Barnes habían realizado ese día.

—Así que parece que su familia notó que tenía algo más en mente cuando regresó de Afganistán, pero no habló con nadie sobre lo que le preocupaba. Michael y Bridget Ingram confirmaron que la noche de su muerte Jamie recibió una llamada telefónica, que contestó en privado. Nunca les dijo quién era el que llamaba, ni de qué se trataba esa conversación. Natalie Ingram confirma que después de que ella y su hermano discutieran tres días antes, no volvieron a hablarse.

—¿Mencionaron por casualidad si parecía asustado? —dijo Carys.

—Natalie no lo hizo, pero sus padres ciertamente notaron el cambio en Jamie después de esa llamada —dijo Barnes—. Parece que se negó a decirles de qué se trataba, y ellos no insistieron en el asunto.

—En fin —dijo Kay—. ¿Qué lograron hacer el resto de ustedes hoy? ¿Algún progreso?

Gavin levantó una impresión. —Debbie y yo hemos estado revisando la lista de amigos y conocidos de Jamie de la investigación original, y la hemos actualizado con números de teléfono y nuevas direcciones donde la gente se ha mudado.

—He dejado un mensaje en el cuartel donde Jamie estaba destinado —dijo Carys—. Me costó un poco de trabajo, pero finalmente logré averiguar dónde está trabajando su oficial al mando estos días, y le he dejado un mensaje para que me llame con urgencia. Tan pronto como lo haga, concertaré una reunión para que vayamos a hablar con él.

—Buen trabajo —dijo Kay.

—También me puse en contacto con el

departamento de personal de aquí, y me han dado los datos de contacto del investigador forense de colisiones que acudió a la escena del accidente de Jamie. Te he reenviado el correo electrónico.

—Fantástico, gracias. Bien, estos son nuestros próximos pasos. Gavin y Carys, ¿pueden revisar esa lista de amigos y conocidos de Jamie, anotar cualquier pregunta para empezar y dividirlos entre nosotros para que podamos comenzar a entrevistarlos de nuevo lo antes posible? Trabajaremos en parejas para las entrevistas, lo que significa que vamos a tener que realizarlas entre todo lo demás que tenemos en nuestros escritorios. Pongan a los que previamente dieron declaraciones en la parte superior, y a todos los demás después. Debbie, una vez que eso esté hecho, ¿puedes empezar a hacer llamadas telefónicas para programar horarios para que nos reunamos con esas personas?

Dirigió su atención a Barnes, pero él levantó la mano.

—Lo siento, Kay, tengo que estar en el juzgado de paz mañana, y posiblemente al día siguiente. Es la audiencia de un caso que cerramos en noviembre.

Ella arqueó una ceja. —Parece que el atraso no ha mejorado desde la última vez que estuve aquí.

—Has dado en el clavo.

Kay ahogó otro bostezo. —Está bien. Nos saltaremos la reunión de mañana, todos tienen mucho que hacer. Nos reuniremos pasado mañana y veremos qué progreso hemos hecho entonces.

—¿Y tú, Kay?

Dejó caer el bolígrafo sobre el estante metálico debajo de la pizarra y se volvió hacia Barnes.

—Voy a tratar de concertar una reunión con el investigador forense de colisiones de Tráfico original mañana por la mañana para averiguar qué pensaba sobre el accidente de Jamie.

———

Al día siguiente, Kay estaba de pie en un área de descanso llena de baches al lado de la A20, su paraguas haciendo poco para protegerla de los efectos de un aguacero de finales de invierno que arrojaba lluvia horizontal a su rostro.

Extendió su mano al hombre que corría hacia ella después de estacionar su auto, la capucha de su chaqueta ocultando su rostro hasta que se acercó.

—Jeff Bishop —dijo, antes de volver a meter las manos en los bolsillos de su chaqueta.

—Gracias por reunirse conmigo. Un poco esperaba que cancelara.

Él se encogió de hombros. —Solía estar afuera con todo tipo de clima. Para ser honesto, prefiero estar aquí; mi esposa me tiene colocando azulejos en el baño en este momento.

Kay sonrió. —Lo agradezco.

—No hay problema. ¿Por dónde quiere empezar?

—He leído su informe original varias veces, pero sería útil si pudiera guiarme por la escena del accidente cuando acudió por primera vez. Como le dije por teléfono anoche, se me ha encargado revisar el caso a la luz de nueva información, y es mucho más fácil para mí hacerlo si puedo visualizar cómo se veía todo esa noche en lugar de tratar de averiguarlo a partir de un informe.

—¿Ha estado hablando con Sharp?

Kay dio un paso atrás sorprendida, y él puso los ojos en blanco.

—Lo ha hecho, ¿verdad? ¿Sabe que ha estado siguiendo la teoría del crimen desde ese accidente? Llegó al punto en que trataba de evitarlo en las fiestas de Navidad.

Ella abrió la boca para protestar, y luego notó que las comisuras de sus ojos se arrugaban con diversión.

—Está bien —dijo, y señaló con el pulgar por encima de su hombro—. Vamos. Necesitamos empezar por allá, abajo por el cruce hacia Ulcombe.

Kay cerró su auto con llave y caminó pesadamente tras él. Frunció el ceño cuando una furgoneta azul oscuro pasó disparada junto a ellos, enviando el contenido de un gran charco sobre sus zapatos y el dobladillo de sus pantalones.

Bishop mantenía un ritmo rápido, retirándose al arcén de hierba cada vez que se acercaba un vehículo, y luego reanudando la marcha una vez que era seguro hacerlo.

El desvío a Ulcombe estaba a menos de un cuarto de milla, y se detuvieron en la señal de tráfico junto al cruce en T.

—Aquí es donde habría comenzado su aproximación a la curva —dijo Bishop—. Como puede ver, la carretera principal comienza a elevarse desde aquí, así que habría empezado a acelerar. El clima esa noche era similar a este, por lo que la visibilidad habría sido reducida. ¿Alguna vez ha estado en una motocicleta?

—No.

—Vale, pues se lo puedo decir: cuando está lloviendo a cántaros como hoy, no es nada divertido. Han mejorado las viseras de los cascos, pero no es solo el agua de lluvia golpeando contra ella, tiene que imaginar el ruido de un aguacero fuerte en su cabeza. No me importa lo que diga la gente, no importa lo buen motociclista que seas: condiciones como estas dificultan tu capacidad de reacción, porque tus sentidos están siendo apaleados.

—¿Había alguna indicación de que iba a exceso de velocidad?

—Es probable, dado el número de infracciones registradas en su licencia. Como sabrá por el expediente, no hubo testigos, así que eso es una conjetura por mi parte.

—Entonces, se ha alineado para tomar la curva. ¿Qué sucede después?

Bishop miró a su derecha y luego a su izquierda, antes de hacerle señas a Kay para que cruzara la calle. —Vamos, recorreremos la ruta.

Kay agradeció que se hubiera construido un camino adecuado en el lado opuesto de la calle, facilitándole seguir el ritmo de Bishop. Se detuvo para raspar lo peor del barro de sus botas, y luego alcanzó a Bishop cuando este se detuvo en la cima de la colina.

—Aquí es donde todo salió mal. ¿Ha oído hablar del punto de no retorno en relación con los aviones?

—No, no lo he oído.

—Es cuando un avión está despegando. El piloto tiene una fracción de segundo antes de que las ruedas delanteras dejen el suelo para abortar el despegue.

Una vez que la nariz del avión se eleva en el aire, no hay vuelta atrás. Es lo mismo cuando diriges una moto en una curva. Después de haberte comprometido con la maniobra, no puedes simplemente girar hacia el otro lado si algo sale mal. Cualquier desviación en tu línea de conducción, y la máquina se va a voltear debajo de ti. Vea alguna carrera de motos en la televisión alguna vez, verá a qué me refiero.

Señaló la superficie de la carretera.

—Y, antes de que pregunte, evaluamos las condiciones de la carretera esa noche. No había aceite en el asfalto en el punto en el que perdió el control, y no había baches que pudieran haberlo desviado de su curso. Los únicos rastros de aceite eran de donde su moto golpeó el suelo y se deslizó hacia el otro lado.

—Entonces, dado que Jamie tenía fama de ser tan buen motociclista, aunque le gustara correr, ¿qué cree que salió mal?

Se encogió de hombros. —Es como dije en mi informe. Conocía esta carretera muy bien, quizás demasiado bien. Estaba acelerando, el tiempo era atroz, y simplemente calculó mal la curva.

—¿Y si tuvo que virar en el último momento para evitar golpear algo?

—No. Es como declaré en mi informe. Si un

conejo se hubiera cruzado frente a él, habríamos encontrado el cuerpo. Si hubiera chocado con un ciervo, habría habido daños significativos en la moto más allá de los causados por el impacto al golpear la carretera. Y de nuevo, si eso hubiera sucedido, es probable que hubiéramos encontrado el cuerpo del ciervo cerca. No encontramos nada.

Kay negó con la cabeza. —No es eso lo que quería decir. ¿Y si un coche se le cruzó delante y trató de virar para evitarlo?

Bishop se rascó la barbilla y echó un vistazo a lo largo del tramo de carretera. —No había marcas de derrape ni restos de otros vehículos en las cercanías. Lo comprobamos.

—¿Y si el conductor no tenía intención de frenar?

Su cabeza giró bruscamente, sus ojos encontrándose con los de ella. —¿Se refiere a un atropello y fuga?

—Tal vez, o quizás fue atacado deliberadamente.

Bishop levantó los ojos al cielo gris, y luego señaló sus coches más arriba en la carretera.

—Hay un buen pub en el camino hacia Ulcombe. Vamos allí y salgamos de este clima. Puede invitarme a una pinta y explicarse.

CAPÍTULO 14

Bishop dio un trago a su pinta y luego dejó el vaso sobre la mesa entre ellos, relamiéndose los labios.

Cuando Kay había seguido su vehículo hasta el aparcamiento exterior, había mirado a través del parabrisas la amplia vista de un campo empapado e intentado imaginar cómo sería el lugar en verano.

A medida que la lluvia se intensificaba, se dio por vencida, salió del coche y se apresuró a seguir a Bishop.

En el interior, el pub ofrecía un respiro de los elementos, y habían calculado su visita a la perfección: el local había abierto solo media hora antes, listo para recibir a cualquiera lo suficientemente valiente como para aventurarse a almorzar.

Adornos de latón con forma de caballo decoraban la chimenea empotrada, mientras que las paredes del pub mostraban fotografías enmarcadas de la zona local a través de los años. Lúpulos secos abrazaban las vigas de soporte, y el débil sonido de una emisora de radio se filtraba desde la cocina.

Bishop le había hecho señas para que se acercara a los dos sofás junto a la chimenea y había pedido sus bebidas antes de hundirse en el sofá frente a ella. Se pasó una mano por el cabello gris, que estaba mojado a pesar del impermeable que llevaba puesto.

Kay dio un sorbo a su limonada y paseó la mirada por el pub mientras saboreaba el calor del fuego abierto. Se dio cuenta de que probablemente parecía una rata ahogada y deslizó los pies por la alfombra para tratar de secar sus botas.

Se giró al oír un ladrido corto y agudo, luego se inclinó y extendió la mano hacia un Jack Russell terrier que se acercó corriendo desde detrás de la barra. Le acarició las orejas antes de volver su atención a Bishop.

—Me había olvidado de este lugar. Creo que no he estado aquí en años.

—Hacen un gran almuerzo dominical. Todavía es propiedad de la misma familia que compró el lugar en los años 50. Perfecto para un día como hoy.

Ajustó su impermeable en el brazo del sofá y luego, una vez satisfecho de que no se deslizaría al suelo, cogió su vaso.

—Muy bien. Explíqueme de dónde diablos sacó la idea de que Jamie fue víctima de un atropello y fuga.

Ella suspiró, luego se inclinó hacia adelante y apoyó los codos en las rodillas. Echó un vistazo a la barra, pero no había nadie al alcance del oído.

—Ha estado dando vueltas en mi cabeza durante un día, desde que hablé con sus padres y su hermana y leí el expediente original. Es decir, tanto sus padres como Sharp me han estado diciendo lo buen motociclista que era y lo bien que conocía las carreteras de por aquí. Entonces, ¿cómo es que murió?

—Mala suerte.

—¡Oh, vamos! Seguramente no cree eso, ¿verdad?

Puso su vaso en la mesa, medio lleno. —De hecho, sí lo creo. Puedes ser el mejor conductor (o motociclista) del mundo y aun así tener un percance. Créame, he visto tantos casos donde los vehículos han terminado en posiciones imposibles, y te quedas ahí, mirándolo, tratando de averiguar cómo demonios sucedió. He dirigido investigaciones donde los conductores han perdido el control y han terminado boca abajo en árboles al lado de la carretera, por el amor de Dios. La suerte juega un papel enorme en nuestras vidas todos los días.

Kay se mordió el labio. —¿Hubo alguna indicación de que la motocicleta de Jamie hubiera sido manipulada?

—Ninguna en absoluto. Desarmamos esa cosa en el taller. Tuvimos que hacerlo: teníamos a la policía militar de Sharp presionándonos, así como al equipo de Harrison. Al final del día, sin embargo, fue un error del conductor.

Ella giró su vaso en la condensación que había creado en la superficie de la mesa, antes de levantar la mirada cuando Bishop deslizó un posavasos de cartón con el logotipo de una cervecería estampado en él.

—Solía trabajar detrás de una barra en la universidad. No creería lo molesto que es limpiar el desastre que hace la gente.

Le guiñó un ojo y ella sonrió en respuesta.

—¿Cómo se convirtió en investigador forense de accidentes?

—Caí en ello, realmente. Estudié ingeniería en la universidad, fue entonces cuando trabajaba en bares para ganar un poco de dinero extra, y también disfrutaba del lado físico de la carrera de ingeniería. No me gusta el frío, así que cuando me gradué no me apetecía hacer lo que la mayoría de mis contemporáneos estaban haciendo, ir a Aberdeen para trabajar en algunos de los grandes proyectos de gas, y vi un anuncio para un investigador junior en una firma de consultoría privada en Hertfordshire. Siempre me gustó trastear con mis propios coches, y mi padre era mecánico, así que supongo que fue un paso lógico. ¿Qué hay de usted? ¿Por qué se unió a la policía?

Ella se encogió de hombros. —Me gusta resolver problemas y me gustan los desafíos que trae el trabajo.

—Vi la historia en el periódico sobre usted antes de Navidad —dijo él—. Casi muere.

Ella se estremeció. —Casi. No es una experiencia que quiera repetir pronto, se lo aseguro.

—Bueno, tengo que admitir que, si cualquier otra persona me hubiera pedido hacer esto en mi tiempo libre, la respuesta habría sido no. —Hizo un gesto hacia ella con su vaso—. Usted, sin embargo, tiene una reputación de tenacidad, y esa es una cualidad difícil de mantener en estos días.

Ella lo observó mientras tomaba un sorbo. —Gracias.

Él reprimió un eructo y colocó el vaso vacío al final de la mesa. —De nada.

—Volviendo a Jamie. Está convencido de que otro vehículo no lo golpeó, pero ¿y si alguien deliberadamente lo hizo virar?

—¿Cómo?

—Si alguien se acercaba en dirección contraria, desde la rotonda de Leeds, y se desvió hacia el camino de la motocicleta de Jamie, él no habría tenido a dónde ir.

—¿Cómo sabrían que era él? Estaba oscuro, recuerda.

—¿Y si lo estaban esperando?

—Incluso si lo hicieran, él habría visto el coche acercándose: los faros se habrían reflejado en los árboles a medida que se acercaban.

—¿Y si no tenían los faros encendidos?

Bishop silbó bajo entre dientes. —Es una pensadora muy astuta, Hunter.

Kay apuró su limonada antes de colocar su vaso en la mesa. —¿Es posible que eso sea lo que pudo haber sucedido?

—Tal vez. Sí, es posible.

—Entonces, ahora tenemos un escenario donde Jamie Ingram pudo haber sido asesinado intencionalmente, basado en el hecho de que dice que es posible que haya tenido que virar para evitar un vehículo que se aproximaba. Cuyo conductor no se detuvo en ese momento, ni se presentó durante la investigación.

—Oiga, solo dije tal vez.

—Lo sé. —Miró por encima del hombro y dirigió su atención a la carretera más allá de la puerta principal del pub al oír el sonido de un motor cuando una motocicleta pasó rugiendo, y luego volvió a mirar a Bishop—. Lo hace dudar, ¿no?

CAPÍTULO 15

El lunes siguiente, Kay salió con cuidado del asiento del copiloto del coche y comenzó a abrirse paso entre los otros vehículos estacionados frente al bloque administrativo del Cuartel Worthy Down, con Carys pisándole los talones.

Giró el cuello, aliviando los nudos que se habían formado durante el viaje matutino desde Kent hasta las profundidades de Hampshire.

Carys había decidido conducir, recogiendo a Kay de su casa cuando aún estaba oscuro.

—Tú conduces de vuelta —le había dicho—. Yo puedo usar el tiempo para escribir mis notas en el portátil.

Había llamado a Kay la noche anterior, después

de haber localizado al antiguo oficial al mando de Jamie Ingram durante el fin de semana.

Tras un ascenso y dos despliegues más, el hombre había asumido un puesto de profesor en el Colegio de Defensa de Logística, Policía y Administración, y Carys había concertado entrevistarlo entre clases.

Kay empujó la puerta de cristal del edificio, manteniéndola abierta para Carys antes de dirigirse a un mostrador de recepción.

Un joven con uniforme de faena terminó una llamada telefónica mientras se acercaban.

—¿Puedo ayudarlas?

—Inspectora Hunter y agente Miles. Estamos aquí para ver al coronel Stephen Carterton. Nos está esperando.

—Tomen asiento allí. Le avisaré que están aquí.

Mientras Carys buscaba en su bolso y ponía su teléfono móvil en modo silencioso antes de sacar su libreta y un bolígrafo, Kay observaba la sala.

Una pintura original de una escena desértica colgaba en la pared detrás del mostrador de recepción, que representaba un tanque en colores del desierto irrumpiendo a toda velocidad sobre una duna, con el artista capturando perfectamente el polvo y el calor. A su derecha, un gran marco de madera contenía una placa de latón que enumeraba a todos los oficiales al mando de los diversos regimientos ahora basados en el cuartel.

La decoración parecía haber sido pulida hasta el último detalle, y Kay supuso que al soldado detrás del mostrador le daría un ataque si viera el estado de la sala de incidentes en Maidstone.

Si trabajara aquí, tendría miedo de tocar cualquier cosa por temor a mancharla o romperla.

Cinco minutos más tarde, y precisamente a la hora fijada para su reunión, un hombre alto con uniforme de faena igual al del soldado en el mostrador apareció al final del pasillo junto al área de recepción.

Su cabello rubio estaba cortado en un estilo similar al corte habitual de Sharp, y su piel mostraba las huellas de un largo tiempo pasado bajo el sol inclemente en lugares lejanos. Cruzó el suelo de baldosas con un aire de eficiencia, un hombre cómodo con el rango que ahora ostentaba.

—¿Son ustedes de la policía de Kent?

Kay extendió su mano.

—Inspectora Hunter. Usted habló con mi colega, la agente Miles, ayer.

Stephen Carterton estrechó la mano de ambas y les indicó que lo siguieran.

—Tienen suerte. Esta semana es la calma antes de la tormenta.

Kay entrecerró los ojos mientras él abría la puerta a su izquierda y les indicaba dos asientos frente a un escritorio.

—¿Qué quiere decir?

Él sonrió.

—La semana de exámenes comienza la próxima semana. Bastante estresante para los estudiantes, aún más estresante para nosotros los tutores. —Apartó una pila de papeles y un teclado de computadora y luego apoyó los brazos sobre el escritorio—. Ahora, ¿en qué puedo ayudarlas?

—Como le dijo la agente Miles, he reabierto una investigación sobre la muerte de Jamie Ingram. Han surgido nuevas pruebas y estamos revisando las declaraciones de los testigos de aquella época.

Carterton se pasó una mano por la mandíbula.

—Ese fue un asunto desagradable. Accidente de motocicleta, ¿no es así?

—Así es. Estamos tratando de aprender más sobre Jamie y su papel en el Cuerpo Real de Logística, además de hablar con familiares y amigos. ¿Puedo preguntarle cuál era su papel en ese momento? Me doy cuenta de que proporcionó una declaración como testigo, pero es útil repasar la información.

—Por supuesto. En ese momento yo era teniente coronel y oficial al mando del regimiento; éramos responsables de la gestión de repuestos críticos para la brigada y las fuerzas desplegadas en todo el mundo. Como puede imaginar, cuando estamos basados en lugares como Afganistán, el desgaste del equipo y los vehículos puede ser catastrófico.

—¿Cuándo conoció a Jamie?

—Vino directamente a nosotros desde el entrenamiento básico. Creo que su experiencia (me refiero a la granja) le dio una habilidad natural para la planificación y el trabajo logístico. Era casi una segunda naturaleza para él.

—¿Cuál era su función?

—Era uno de los varios que gestionaban la devolución de piezas dañadas, buscaban reemplazos y llevaban a cabo todas las responsabilidades administrativas asociadas con eso. Usamos sistemas similares a los de las empresas de logística en todo el mundo: todo está computarizado y proporcionábamos un servicio de principio a fin.

—Entonces, ¿habría un informe en papel para cada pieza de equipo?

—Así es, sí.

—¿Se descubrieron anomalías en el sistema durante el tiempo de Jamie?

Carterton se reclinó en su silla y la evaluó.

—Ahora, ¿qué le hace decir eso?

Su corazón dio un vuelco, antes de que forzara una sonrisa.

—Creo que soy yo quien hace las preguntas hoy. ¿Hubo alguna anomalía?

—Nada que pudiéramos probar. Además, era muy inusual en él. Cuando se unió a nosotros, era extremadamente diligente en su trabajo y respetado por quienes trabajaban con él.

—¿Qué cambió?

—No estoy seguro. Pareció coincidir con su tercer o cuarto despliegue en Afganistán. Obviamente, es una situación estresante para cualquier soldado, pero Jamie nunca estuvo expuesto a ningún combate. Su papel estaba en la base, ayudando a asegurar que los que estaban en primera línea estuvieran adecuadamente equipados, y si algo se rompía, se reemplazaba o reparaba lo antes posible. Cuando regresó de ese despliegue, parecía diferente.

—¿En qué sentido?

—Arrogante, en lugar de seguro de sí mismo. Como si supiera algo que nadie más sabía. Su cambio de actitud lo alejó de muchos de sus compañeros. Empeoró con el tiempo.

—¿Cuántas veces fue desplegado antes de morir?

—Unas cuatro o cinco en total.

Kay hojeó sus notas.

—Hablaremos con sus amigos y colegas en los próximos días. ¿Tenía amigos cercanos dentro del Cuerpo?

—Bueno, a pesar de herir algunas susceptibilidades con su actitud, se mantuvo cercano a dos hombres con los que sirvió: Carl Ashton y Glenn Boyd.

—Dice que parecía arrogante. ¿Notó algo más?

—Ahora que lo pienso, sí. En las semanas previas a su muerte, su trabajo comenzó a volverse descuidado, lo cual era inusual en él. Era casi como si tuviera algo en mente todo el tiempo. Parecía que le costaba concentrarse. Como dije, no era así cuando se unió a nosotros.

Kay cerró su libreta. —Parece extraño que en el lapso de un año más o menos, Jamie Ingram pasara de ser el soldado perfecto a uno al que no le importaba en absoluto su trabajo.

Carterton soltó una risa sin gracia. —No era un soldado perfecto, detective. ¿No le dijo Sharp que Jamie Ingram estaba siendo investigado por tráfico de drogas de Clase A?

CAPÍTULO 16

Kay estaba de pie en el umbral de la casa de Sharp, furiosa.

Ella y Carys habían regresado a Maidstone dos horas antes, y después de devolver las llaves del coche compartido al sargento Hughes en la recepción, había enviado a Carys a casa y luego se había dirigido a la sala de incidentes.

Había caminado de un lado a otro frente a la pizarra en la oficina de Sharp, con los puños apretados mientras procesaba la revelación que el ex oficial al mando de Jamie había proporcionado.

Finalmente, había agarrado su bolso del escritorio y salido furiosa del edificio, llamando a Adam para avisarle que llegaría tarde a casa.

Una sombra apareció detrás del cristal esmerilado

de la puerta principal una fracción de segundo antes de que una luz parpadeara sobre su cabeza, y la puerta se abriera.

La mandíbula de Sharp se tensó cuando la vio. —Hunter. No esperaba verte esta noche.

Ella lo fulminó con la mirada. —Tienes algunas explicaciones que dar.

Vio que sus hombros se elevaban mientras tomaba una respiración profunda.

—Rebecca salió a cenar con algunos colegas del trabajo. Pasa.

Ella cruzó el umbral pisando fuerte, luego esperó mientras él cerraba la puerta principal y lo siguió hasta la cocina.

—¿Quieres una copa de vino?

—No, no quiero una maldita copa de vino.

Él se dio la vuelta y cruzó los brazos sobre el pecho. —Está bien. ¿Qué está pasando?

—He pasado la tarde hablando con el ex oficial al mando de Jamie, Stephen Carterton. ¿Por qué no me dijiste que estabas investigando a Jamie por suministrar drogas de Clase A?

—Porque quería que llevaras a cabo tu propia investigación. Para ver si encontrabas otra razón para su muerte.

Ella respiró hondo. —Cuéntame todo lo que sabes sobre Jamie Ingram. Todo, esta vez.

Él le hizo un gesto para que se acercara a una mesa circular que ocupaba una esquina de la cocina y esperó hasta que ella se sentó antes de sacar una silla frente a la suya y hundirse en ella.

—No quería creerlo en ese momento —dijo, mirando el suelo embaldosado—. Lo conocía desde que era un niño pequeño. Lo vi crecer hasta convertirse en un joven. Era inteligente, trabajador y amable. No ves esas cualidades en suficientes personas estos días. Nunca te lo dije, pero Rebecca y yo nunca pudimos tener hijos, así que Jamie y Natalie se convirtieron en nuestros favoritos.

Kay emitió un gemido. —Así que, cuando estaba pasando por todo el año pasado, eso debió haberte afectado. ¿Por qué no me lo dijiste, Devon?

—Tú misma lo dijiste. Tenías suficientes preocupaciones. Aunque seguramente debiste habértelo preguntado.

—Siempre supuse que las fotos en el estante de la sala de estar eran de tus hijos.

—Michael y Bridget nos pidieron ser padrinos de Jamie y Natalie cuando nacieron. No pudimos decir que no.

Kay se inclinó hacia adelante en su silla. —Muy

bien. Volvamos a Jamie y las drogas. ¿Cuándo sospechaste por primera vez?

—Aproximadamente una semana después de que regresara de Afganistán, era su cuarta gira allí, apareció en nuestra puerta con una nueva motocicleta. Le pregunté sobre la financiación, y se rio diciendo que la había comprado al contado. Me preocupó durante días después, sabía que nunca podría permitirse eso con un sueldo del ejército. Hice algunas averiguaciones discretas cuando regresé a los cuarteles al día siguiente, y resultó que la moto no era lo único que Jamie había comprado esa semana: una de las chicas que trabajaba en el pub cerca de los alojamientos para casados estaba presumiendo de unos caros pendientes de diamantes. Aparentemente, Jamie se los había comprado. Ni siquiera sabía que estaba saliendo con ella.

—Así que estaba alardeando de su dinero para impresionar a todos, ¿quieres decir?

—Exactamente.

—Carterton nos dijo que la actitud de Jamie también cambió: estaba empezando a rayar en la arrogancia.

—Eso es cierto. Y de nuevo, fuera de carácter para él. Era casi como si pensara que el ejército ya no era lo suficientemente bueno para él.

—¿Qué hiciste?

—Comencé a vigilarlo más de cerca. En ese entonces, el Real Cuerpo de Logística estaba basado en Deepcut, Surrey. Jamie solía viajar desde allí a la granja de sus padres en Kent cuando estaba de permiso, creo que le gustaba la familiaridad del lugar entre las misiones, y sé que Michael siempre agradecía el par extra de manos. Esta vez, Jamie no fue a la granja. Se quedó rondando los cuarteles, como si estuviera esperando algo.

—O a alguien.

—Sí. De todos modos, unos tres días antes de que tuviera que volver a Afganistán, recibió una llamada telefónica de su hermana. Era el cumpleaños de Bridget, y Natalie había organizado una fiesta sorpresa. Rebecca y yo también fuimos invitados, así que pude vigilar a Jamie sin que sospechara de mí. —Suspiró y se enderezó—. En fin, nada sucedió entonces. Todo estalló cuando regresó seis meses después.

—¿Qué pasó?

—Un contenedor lleno de piezas fue devuelto desde la línea del frente para ser reacondicionado. Yo estaba en mi oficina en los cuarteles esa mañana, y de repente se desató el infierno: había perros ladrando, gente gritando. Salí corriendo para ver qué pasaba, y me encontré con que el contenedor había sido abierto en el área de logística, y dos de los perros detectores de drogas estaban como locos. Jamie estaba allí, junto con otro soldado raso, y sus caras estaban completamente pálidas.

—¿Drogas?

—Escondidas en el tanque de combustible vacío de un Jackal, un vehículo todo terreno que el Cuerpo Logístico Real usa en Afganistán.

—¿Cuánto?

—Suficiente.

Kay apretó los labios. —¿Ley de Secretos Oficiales?

—No. Necesidad de saber.

—Estás bromeando, ¿verdad? Devon, estoy tratando de ayudarte aquí. ¿Cuánto?

—Poco menos de medio kilo de cocaína.

Kay sintió que su mandíbula caía. —Jesús. ¿Qué pasó después?

—Cerramos el lugar, realizamos un registro de todos los dormitorios, los pusimos patas arriba, de hecho. Y los alojamientos para casados, incluido el mío. Jamie y el otro soldado raso, un tipo llamado Carl Ashton, fueron interrogados (extensamente, debo añadir) pero no teníamos nada contra ellos. No encontramos dinero, ni evidencia de quién podría estar involucrado, nada. Jamie lo negó todo, y por supuesto, como solo era responsable de abrir el contenedor en primer lugar bajo observación, no pudimos presentar cargos sin evidencia.

Juntó las manos sobre la mesa. —Jamie murió dos semanas después.

—¿De quién más sospechaste en ese momento?

—Del soldado que estaba abriendo el contenedor con Jamie: Carl. Debió de tener ayuda de alguien de arriba también, para que todo pasara los controles la primera vez. Nunca sospeché de Carterton, pero tenía mis dudas sobre su ayudante, Glenn Boyd.

—¿Por qué no seguiste investigando después de la muerte de Jamie?

—Nunca descubrimos cómo lo estaban haciendo. No podíamos probar nada. Después de ese incidente, nunca más se encontraron drogas. Jamie tenía que haber sido el cabecilla.

—Pero entonces Harrison tiene razón, ¿ocultaste información sobre tu investigación cuando Jamie murió?

—Te equivocas, Hunter. No oculté nada. A riesgo de perder a un amigo de toda la vida en Michael, le conté a Harrison nuestras preocupaciones, pero no le interesó porque no teníamos pruebas y no se molestó en investigarlo él mismo. Por eso la muerte de Jamie se declaró accidental: nadie investigó la posibilidad de que su muerte pudiera haber sido causada por alguien más.

—No lo mencionaste cuando te uniste a la Policía de Kent.

Golpeó la palma de su mano contra la encimera, con los ojos ardiendo.

—Porque Harrison seguía siendo un oficial superior y me anularía. La única razón por la que te conté todo este lío en primer lugar fue porque exigiste saber por qué Harrison tiene una vendetta contra mí. Si va a intentar arrastrar mi nombre por el barro para vengarse de que lo investiguen por su conducta en el caso de Jozef Demiri, entonces quiero asegurarme de que su abominable manejo de la muerte de Jamie se aclare de una vez por todas. Quiero recuperar mi trabajo.

Kay se reclinó en la silla, atónita.

—Maldita sea, Devon.

CAPÍTULO 17

Kay recorría la habitación de un lado a otro, incapaz de quedarse quieta en su escritorio.

Miró su reloj. Barnes y Gavin habían sido convocados a una demostración de seguridad y no volverían hasta dentro de media hora.

Su frustración era palpable.

Había llegado temprano a la comisaría esa mañana, deseando hablar en privado con el pequeño equipo sobre el rumbo que había tomado la investigación, pero hasta ahora otros compromisos laborales les habían impedido tener tiempo.

Suspiró y se dirigió a la oficina de Sharp. De pie frente a la pizarra, escribió los nombres que Stephen Carterton le había dado el día anterior en el lado derecho del tablero y comenzó a planear cómo proceder.

Se giró al oír voces cuando Barnes empujó la puerta y la mantuvo abierta para Carys y Gavin.

—Menuda pérdida de tiempo ha sido eso —dijo—. ¿De qué sirve una demostración de seguridad de chalecos anti-apuñalamiento nuevos cuando tenemos que seguir usando los viejos durante otros seis meses?

—Me alegro de haberme perdido la invitación —dijo Kay—. Tomad asiento. Ha habido algunos avances interesantes.

Esperó a que se acomodaran antes de tomar un profundo respiro.

—Resulta que Jamie Ingram estaba bajo investigación por tráfico de drogas.

Barnes y Gavin maldijeron por lo bajo.

—¿De dónde sacaste eso? —preguntó Gavin.

—El antiguo oficial al mando de Jamie nos lo dijo, y Sharp lo confirmó. Al parecer, no tenían suficientes pruebas para acusar a Jamie en ese momento, y luego lo mataron. Sharp dice que se lo mencionó a Harrison antes de la investigación del forense, porque sentía que tenía relación con la muerte de Jamie. Harrison decidió ignorar la información, así que nunca se investigó a fondo. —Golpeó la pizarra con la punta de su bolígrafo—.

Estas dos personas son ahora el foco de nuestra investigación. Los tres hombres sirvieron en el Cuerpo Logístico Real. Carl Ashton estaba presente con Jamie cuando se abrió un contenedor de piezas de repuesto procedente de Afganistán. Se descubrió medio kilo de cocaína en el tanque de combustible vacío de uno de los vehículos todo terreno que el ejército usa en Afganistán.

—Dios mío —dijo Gavin—. ¿Cuál era el valor de calle de eso hace diez años?

—Mucho —dijo Barnes, y le hizo un gesto a Kay para que continuara.

—Sharp confirmó que el hallazgo ocurrió después de la quinta gira de Jamie en Afganistán. La vez anterior, se compró su motocicleta, un modelo de alta gama que no debería haber podido permitirse con el sueldo de un soldado. Además, la camarera del pub local lucía unos nuevos pendientes de diamantes.

—Entonces, ¿estás diciendo que Jamie estaba introduciendo cocaína en el país dentro de las piezas de repuesto? —preguntó Gavin.

—Exactamente, pero debía tener ayuda. Habría sido demasiado arriesgado plantar las drogas en la base de Afganistán, y luego asegurarse de que el contenedor pasara la aduana sin problemas antes de ser abierto en el cuartel en Inglaterra. Carterton proporcionó otro nombre: Glenn Boyd. Necesitamos entrevistarlos a ambos ahora como prioridad.

—¿Podremos hacerlo, dado que son del ejército? —preguntó Carys.

—Ambos fueron desmovilizados dentro de los seis meses posteriores a la muerte de Jamie, y ambos viven en la zona. Eso significa que tenemos jurisdicción.

—¿Cuáles eran sus roles en ese momento? —preguntó Barnes.

—Ashton era un soldado raso. Boyd era el ayudante de Stephen Carterton en ese momento. Jamie habría necesitado a alguien de más alto rango para proteger la operación, y Sharp sospecha que había algo entre él y el ayudante antes de que se encontraran las drogas.

—¿Basado en qué evidencia?

—Aparentemente, seis meses antes de que se descubrieran las drogas, Jamie estaba de vuelta en el cuartel en Surrey y Sharp encontró a Boyd dándole una paliza una noche detrás del depósito. Él y sus policías militares tuvieron que separarlos. Tuvieron suerte, al parecer: no se presentaron cargos.

—Me pregunto qué pasó allí, entonces —dijo Barnes.

—En ese momento se atribuyó a diferencias

personales —dijo Kay—. Sharp dijo que pensaron que Jamie se había vuelto arrogante durante ese año, así que tal vez Boyd sintió que necesitaba ponerlo en su lugar. No fue hasta después que Sharp se preguntó si había algo más.

—¿Tenemos direcciones de ellos?

—Sí. Cuando el personal deja el ejército, todavía se les considera reservistas durante veinte años, así que el ejército tiene sus datos actualizados en todo momento. Hablé con Carterton esta mañana y consiguió los registros para mí. —Colocó el bolígrafo en el escritorio y luego se apoyó en él—. ¿Qué disponibilidad me pueden dar para ir a entrevistar a estos dos?

—Estoy libre ahora que el caso judicial ha terminado —dijo Barnes—. Tengo algunas cosas que resolver, pero nada urgente.

—Yo no puedo —dijo Carys. Señaló con el pulgar por encima de su hombro—. Regresé ayer a una montaña de correos electrónicos, y uno de mis casos de robo está siendo revisado por el Servicio de Fiscalía de la Corona esta tarde.

Gavin levantó la mano. —Cuenta conmigo. Puedo ayudar con uno de ellos.

—De acuerdo, genial. Organizaré las dos entrevistas y les daré los detalles más tarde hoy.

Carys, si necesitas que revise algo sobre ese caso tuyo, será mejor que me lo hagas llegar dentro de una hora, ya que es posible que no esté disponible mañana.

—Gracias, lo haré.

—Bien, entonces tendremos otra reunión informativa mañana por la noche. Eso tendrá que ser suficiente por hoy; tengo una reunión a la que asistir. Barnes, Gavin, le pediré a Debbie que organice las entrevistas y nos confirme a su debido tiempo. Estén atentos a sus correos electrónicos y mensajes de texto.

Los observó salir de la habitación y luego cuadró los hombros.

La próxima reunión requeriría todo su ingenio, y esperaba estar preparada.

CAPÍTULO 18

—Kay, me alegro de verte. Toma asiento.

Kay cerró la puerta y evaluó a la mujer que estaba de pie detrás de un escritorio, quien le ofreció una mano extendida.

La consulta funcionaba desde la casa de la Dra. Zoe Strathmore, y se accedía por una entrada separada de la puerta principal de la propiedad, garantizando privacidad para sus clientes. Sin embargo, el consultorio mantenía una atmósfera hogareña, y mientras Kay tomaba asiento frente al escritorio en un sillón elegante y cómodo, Strathmore se dirigió a una cafetera de aspecto costoso y arqueó una ceja.

—¿Puedo tentarte? El tostado francés es particularmente bueno, aunque quizás esté sesgada.

Kay sonrió. —En ese caso, sí puedes tentarme.

—Estupendo. Normalmente no bebo café por las tardes, así que puedo usarte como excusa.

Strathmore se rio, un sonido agradable que llenó el pequeño espacio, y Kay sintió que sus hombros se relajaban mientras echaba un vistazo a su alrededor.

Nunca había ido a un psiquiatra antes, ni siquiera durante el tumulto emocional de los últimos dos años. Nunca había entendido realmente el propósito. Si algo le molestaba, simplemente hablaba con Adam al respecto, y viceversa.

Si era honesta consigo misma, la perspectiva de la reunión la había puesto nerviosa, pero el comportamiento amistoso de Strathmore y la decoración no clínica del entorno comenzaron a calmar sus nervios.

Strathmore regresó al escritorio, dejó dos tazas de café humeante y empujó el azucarero hacia Kay.

—Sírvete si lo necesitas.

—Gracias.

—Bien, ¿qué te parece si comenzamos con que te cuente sobre este proceso, y luego charlaremos, y si tienes alguna pregunta después, puedes hacerla? ¿Cómo suena eso?

Kay se encogió de hombros y luego dio un sorbo

al café mientras ordenaba sus pensamientos. —Está bien, supongo.

Strathmore juntó las manos sobre el escritorio. —Puedo imaginar que, como muchos de tus colegas con los que me he reunido antes, una parte de ti piensa que esto es una pérdida de tiempo, y la otra parte está intrigada. En tu caso, solo te han asignado esta sesión, lo que significa que tu equipo de gestión confía en que te estás recuperando completamente y que eres más que capaz de llevar a cabo tus funciones. Mi papel es asegurarme de que no hayan malinterpretado ninguna señal que les hayas estado dando inconscientemente, y que sientas que estás lista para asumir nuevamente un papel en primera línea.

—Lo estoy.

—Bien —dijo Strathmore. Hizo un gesto hacia el archivo cerrado a su lado—. Leí lo que te sucedió antes de Navidad. ¿Te importaría contármelo con tus propias palabras?

Kay suspiró. Colocó su taza de café medio vacía sobre el escritorio. —Supongo que, si no lo hago, quedará en mi expediente, ¿verdad?

—En absoluto. Tu cita y todo lo que discutamos aquí hoy es confidencial. Mi informe a tu dirección solo confirmará tu asistencia y si creo que eres capaz de llevar a cabo tus funciones. Es parte del proceso,

eso es todo. Entonces, ¿quieres contarme los eventos de los últimos días del caso Demiri?

Un escalofrío extendió sus dedos por los hombros de Kay, y ella luchó contra el impulso de estremecerse.

Nunca había discutido los eventos de esa noche con nadie excepto los dos oficiales superiores encargados de entrevistarla mientras se recuperaba en el hospital. Ni siquiera Adam había escuchado la historia completa; no quería molestarlo, por si intentaba persuadirla de que dejara la fuerza policial.

Ahora, una completa desconocida le pedía que se sumergiera en sus recuerdos más oscuros.

—¿Kay?

Ella parpadeó. —No hay mucho que contar. Me tendieron una trampa. Un oficial superior resultó estar más decidido que yo a arrestar a Demiri, y quedé atrapada en el fuego cruzado.

Strathmore inclinó la cabeza. —Entonces, ¿fuiste traicionada por uno de los tuyos?

—Sí. Y, antes de que me preguntes cómo me hizo sentir eso, estaba malditamente enojada al respecto cuando me enteré.

—¿Sigues enojada?

—Sí, lo estoy. Han pasado meses desde que sucedió, y todavía lo están investigando. Quiero decir, éramos suficientes los que estábamos allí en ese momento y vimos lo que pasó, y cómo nos jodió a todos. No entiendo por qué les está llevando tanto tiempo.

—¿Qué pasó cuando tú y Demiri estuvieron solos en la playa?

—Intentó matarme. Fui estúpida; caí directamente en la trampa. Creí en la información que me dio alguien que resultó estar trabajando para él. Envié a mi colega de vuelta por refuerzos, y en lugar de esperar, seguí adelante sin él. Demiri me estaba esperando y me atacó. Me rompió el brazo, dos costillas y luego intentó ahogarme.

—Y, sin embargo, solicitaste volver al trabajo un mes entero antes de lo previsto.

—Tenía que hacerlo. Me estaba volviendo loca en casa. Necesitaba salir y volver al trabajo.

—A tu marido, Adam. ¿Le importó que volvieras al trabajo antes?

Kay negó con la cabeza. —No, él sabe cómo soy. Ambos decidimos que era mejor si acortaba mi tiempo libre.

—¿Tenías pesadillas?

—No.

—Está bien decírmelo si las tenías, o si aún las tienes.

—No, no hay pesadillas.

—¿Cómo has encontrado el estar de vuelta en el trabajo?

—Los primeros días fueron terribles; estaba tan aburrida. —Kay soltó una risa ahogada—. He logrado encontrar un caso sin resolver en el que hincar el diente. Eso está ayudando. Con suerte, si obtengo un resultado en este, me volverán a asignar tareas completas.

Extendió la mano y tomó su café antes de fruncir el ceño, sorprendida de que se hubiera enfriado. Miró su reloj y vio que había pasado media hora entera.

Strathmore sonrió. —Pasa mucho más rápido de lo que crees.

—Así es. ¿Qué sigue ahora?

—Bien, terminaré mi informe y lo enviaré por correo electrónico a tu equipo de personal antes de que termine la semana. Mientras tanto —dijo, deslizando una tarjeta de visita sobre el escritorio hacia Kay—, llévate esto contigo, y si alguna vez sientes que necesitas hablar con alguien en confianza sobre lo que te sucedió con más detalle de lo que hemos hecho hoy, o empiezas a tener pesadillas, llámame. Eres una oficial de policía extremadamente valiente, Kay, pero todos tenemos nuestros puntos de quiebre.

Kay se guardó la tarjeta en el bolsillo y se levantó de su asiento.

—Lo tendré en cuenta, gracias.

Strathmore rodeó su escritorio y abrió la puerta. Extendió su mano una vez más cuando Kay pasó.

—Cuídate, Kay.

—Gracias.

Kay se acomodó el bolso en el hombro, luego salió por la puerta lateral de la casa y se apresuró hacia su coche.

Se sentó detrás del volante por un momento, con las manos temblorosas mientras inhalaba una gran bocanada de aire. El sudor le picaba en la base del cráneo, y clavó sus uñas en la suave piel de sus palmas.

Captó un movimiento por el rabillo del ojo y notó que las persianas de la ventana del despacho de Strathmore volvían a su lugar.

—Mierda.

Parpadeó para aclarar las lágrimas que amenazaban con salir, giró la llave en el encendido y dirigió el coche fuera del corto camino de entrada hacia la calle principal.

En ese momento, lo único que quería era estar en casa.

CAPÍTULO 19

Kay insertó la llave en la cerradura y empujó la puerta para abrirla, sintiendo cómo el agotamiento se apoderaba de ella en el momento en que la cerró tras de sí.

Colgó su abrigo en la barandilla, dejó caer su bolso en el primer escalón y se quitó los zapatos antes de dirigirse a la cocina.

—¿Cómo te fue?

Adam estaba de pie frente a la cocina, con dos ollas burbujeando en el fogón que hicieron que las papilas gustativas de Kay se activaran de inmediato.

Ella se acercó y lo rodeó con sus brazos, le dio un beso y luego se hundió en su abrazo.

—Tan bien, ¿eh?

—No sé si estoy más abrumada por volver al

trabajo, por esta investigación de un caso sin resolver, o por tener que repetirle constantemente a la gente que estoy bien y que puedo hacer mi trabajo.

—¿Qué dijo la psiquiatra?

A pesar de sí misma, Kay sonrió y levantó la mirada hacia él. —No mucho. La idea es que yo hable en esas sesiones. Ella solo escucha.

Él se rio. —En ese caso, me sorprende que no hayas llegado a casa hace una hora. ¿De qué diablos hablaste?

—Me hizo contarle lo que pasó el año pasado. En la playa.

Sus ojos se oscurecieron mientras se apartaba de ella. —¿Estás bien?

—Supongo que sí. Estoy tratando de dejarlo atrás, pero cada vez que siento que estoy avanzando, alguien más lo menciona y tengo que empezar a pensar en todo de nuevo. —Se encogió de hombros—. Supongo que llevará tiempo.

—¿Le contaste sobre las pesadillas?

Kay se mordió el labio.

—No lo hiciste. ¿Fue prudente?

Kay extendió la mano hacia él, rodeando su brazo con los dedos. —Quiero que sea como antes, Adam. Superaré esto, te lo prometo. Pero no con una psiquiatra. Nos las arreglamos bien juntos, tú y yo. Dejémoslo así, ¿vale?

Él presionó sus labios contra los de ella y luego le apretó la mano. —Si cambias de opinión, si sientes que estás luchando, dímelo. ¿Me lo prometes?

—Te lo prometo.

—Bien. Ahora, ve y ponte unos vaqueros. Serviré la cena en veinte minutos.

Ella sonrió, giró sobre sus talones y subió apresuradamente las escaleras para cambiarse.

Mientras se quitaba la ropa de trabajo y se ponía los vaqueros y una camiseta de manga larga, miró las pastillas para dormir en su mesita de noche.

Se había negado a tomar cualquier medicamento recetado, pero había acordado con Adam probar un remedio natural para ver si ayudaba a prevenir las pesadillas que la habían atormentado durante los últimos tres meses. No podía permitirse que sus colegas pensaran que no podía hacer su trabajo; tal como estaban las cosas, las pesadillas eran esporádicas, por lo que no quería que quedara constancia de ellas en su historial médico.

Una vez que le quitaron el yeso del brazo y su fisioterapeuta le dio el alta, había retomado su rutina de correr. Solo seis semanas después, ya podía sentir que el ejercicio estaba ayudando a reducir las pesadillas de todos modos.

Definitivamente no iba a contarle a la psiquiatra sobre ellas.

Bajó de nuevo y, al ver que Adam estaba ocupado en la cocina, se acercó a Rufus, se agachó y le rascó detrás de las orejas.

—¿Y cómo está este hoy?

Adam miró por encima del hombro. —De hecho, se ha animado un poco. He cocinado algunas verduras extra para que las coma esta noche, y podrá comer algo de este cordero asado.

Los ojos marrones del perro se agrandaron y Kay se rio.

—Te ha oído.

—Sí, su cuidador temporal, Graham, me dijo que no tiene problemas para entender ninguna palabra que mencione comida. Estoy descubriendo que tiene un vocabulario bastante bueno.

Kay se enderezó y se dirigió al fregadero para lavarse las manos. —Entonces, supongo que su educación continua ha incluido mucha comida gratis esta semana.

Adam se encogió de hombros antes de bajar la voz. —No sé cuánto tiempo le queda, Kay. No me importa consentirlo.

Ella se acercó y le dio unas palmaditas en el brazo. —Lo sé. No hay nada de malo en eso.

Se giró y abrió un cajón, seleccionando cubiertos y un cuchillo de trinchar para Adam, antes de colocarlos sobre la encimera. Luego, dejó que sus ojos vagaran por la selección en la bodega, eligió un Shiraz y sirvió dos generosas copas.

—Justo a tiempo —dijo Adam, y comenzó a servir la comida.

Una vez sentados, comieron en silencio durante un rato, hasta que Adam apartó su plato y eructó.

—Qué encantador.

Un momento después, un ruido similar surgió del rincón de Rufus, y ambos se rieron.

—Ese es mi chico —dijo Adam. Se palmeó el estómago—. Estuvo bueno, aunque lo diga yo mismo. ¿Cómo va ese caso sin resolver tuyo?

—Continuamos con las entrevistas mañana. Hemos hablado con la familia, así como con el antiguo oficial al mando de la víctima en el ejército. Creo que Sharp tiene razón: creo que hay más en esto que un accidente de motocicleta.

—Entonces, ¿Harrison sí encubrió algo?

—Absolutamente.

—¿Cuándo puedes llevar esto a Larch? ¿No

querrá saber lo antes posible si Harrison fue responsable?

Kay negó con la cabeza. —No es tan simple como eso. No tiene sentido que se lo lleve a Larch ahora, solo para que nuestra investigación luego descubra que realmente fue un accidente. Necesito examinar cada ángulo de nuevo, y luego tendremos que reunir suficientes pruebas para demostrar que Jamie fue asesinado antes de que la Fiscalía de la Corona lo examine. Quiero darle a Larch toda la munición posible contra Harrison.

—Debe ser difícil para la familia que todo esto se saque a la luz de nuevo después de diez años.

—Lo sé. Por eso quiero asegurarme de que hagamos esto bien, para no decepcionarlos.

CAPÍTULO 20

A la mañana siguiente, Kay miraba por la ventanilla del copiloto, perdida en sus pensamientos mientras acunaba su brazo en el regazo.

—¿Aún te duele?

—¿Hmm?

Se volvió hacia Barnes, quien le echó un vistazo y luego volvió a mirar la carretera.

—¿Te duele el brazo? Lo has estado sosteniendo así desde que salimos de Maidstone.

—A veces me molesta, más que doler. Supongo que me resulta cómodo sentarme así. Me acostumbré durante tres meses.

Él sonrió.

—Me alegro de que te hayas recuperado, Hunter. No ha sido lo mismo sin ti por aquí.

—Gracias, Ian.

—Sí. Tuve que preparar mi propio té, comprar mis propios bolígrafos…

Ella se rio y le dio un golpe en el brazo.

—Tonto.

—¿De qué se trató la reunión de ayer, si se puede preguntar? Parecías preocupada cuando llegaste esta mañana.

Ella se encogió de hombros. Sabía que Barnes no iría contando chismes.

—La evaluación de salud ocupacional a finales de febrero recomendó que hablara con una psiquiatra cuando volviera al trabajo.

—¿Estás bien? ¿No tienes pesadillas ni nada?

—Fue más una precaución que otra cosa. Probablemente más por su beneficio que por el mío. Jozef Demiri está muerto. Ya no puede hacerme daño y, para ser sincera, Ian, me estaba volviendo loca de aburrimiento en casa.

—Seguro que no.

—Para ya —dijo, y sonrió. Señaló el parabrisas—. Tal vez quieras tomar esta salida. Escuché en las noticias esta mañana que había retrasos en la siguiente debido a obras en la carretera.

—Lo haré.

Kay se inclinó y rebuscó en su bolso sus notas

mientras Barnes sacaba el coche de la autopista y los dirigía hacia el centro de Faversham.

—Parece algo irónico que estemos en el territorio de la División Este, dada la participación de Harrison el año pasado. Territorio enemigo.

—No te preocupes. Larch nos dio el visto bueno. Dadas las circunstancias, una vez que mencionó el nombre de la comisario jefe en la conversación, no pudieron negarse realmente. Los mantendremos informados si surge algo de esto, no te preocupes.

Veinte minutos después, Barnes puso el freno de mano y salió del coche.

Cuando Kay regresó de la máquina de tickets, él estaba golpeando con los dedos el techo del vehículo.

—¿Cómo quieres hacer esto?

Kay le entregó el ticket y ajustó su bolso sobre el hombro.

—Con cuidado, porque si estuvo involucrado en el contrabando de drogas al país con Jamie, no quiero que un abogado defensor penal lo saque de esto porque no hicimos bien nuestro trabajo. Por ahora, es un testigo, nada más.

—¿Quieres decir, ver qué dice y luego decidir si lo llevamos a un interrogatorio formal?

—Exactamente.

Barnes asintió, luego cerró el coche y lideró el

camino cruzando la calle y a lo largo de un sendero que separaba el jardín de un pub y otra propiedad.

Salieron a una calle peatonal, el trazado medieval del pueblo mercantil aún evidente en la superficie desigual de los callejones.

—¿Policía bueno, policía malo?

Kay sonrió y extendió su puño antes de sacar dos dedos.

La mano de Barnes permaneció en un agarre apretado.

—Entonces tú eres la policía buena. Vamos, el bar que posee está más abajo en esta calle.

Entraron en un callejón estrecho que terminaba en un callejón sin salida, con una agencia de viajes y una casa de apuestas de un lado, y el bar de vinos del otro.

Un letrero colgaba sobre la puerta al estilo de un antiguo pub inglés, aunque el exterior denotaba un establecimiento moderno que parecía estar haciendo un negocio próspero a pesar de la temprana hora del día.

Barnes empujó la puerta, manteniéndola abierta para Kay.

Mientras sus ojos se adaptaban a los bajos niveles de luz, notó a una mujer de pie detrás de la barra al fondo y comenzó a abrirse paso entre las mesas.

Además de ser un bar de vinos, parecía que el

local de Carl Ashton también ofrecía café y otras bebidas calientes, ya que la mayoría de las mesas estaban ocupadas por lo que parecían ser turistas más que locales.

Kay notó que los pocos locales que estaban a esta hora preferían sentarse en la barra, lejos de los extraños.

Se movió hacia el extremo de un conjunto de seis grifos de cerveza y, después de mostrar su placa, pidió ver a Ashton.

—Está arriba en la oficina —dijo la mujer. Echó un vistazo a la multitud, como para asegurarse de que todo estaba bajo control, y luego se volvió hacia Kay—. Iré a buscarlo por ustedes. Esperen.

Barnes se apoyó contra una máquina expendedora de cigarrillos y sacó su libreta de la chaqueta. Momentos después, hizo un gesto con la barbilla por encima del hombro de Kay.

Ashton tenía la misma altura que Barnes, excepto que sus hombros eran más anchos y su estómago tenía una barriga sin duda ayudada por su ocupación actual. Su cabello castaño claro comenzaba a ralear, y ella notó que sus uñas estaban mordidas hasta la raíz.

Sus ojos se movieron de ella a Barnes, y luego extendió su mano.

—¿Detectives? ¿En qué puedo ayudarles?

—¿Hay algún lugar donde podamos hablar en privado? —dijo Kay, ignorando la mano ofrecida.

Él miró por encima de su hombro a la mujer detrás de la barra, y luego le hizo un gesto para que lo siguiera.

—Podemos usar la oficina. Es pequeña, pero tendrá que servir. No podemos usar la cocina; tengo un técnico de gas arreglando una de las freidoras.

Los guio a través de una puerta en la parte trasera del bar, antes de girar a la izquierda y subir una estrecha escalera.

En el último escalón, giró a la derecha y abrió una puerta.

—Pasen.

Kay asintió en agradecimiento al pasar, luego retrocedió al entrar en la habitación.

Ashton no bromeaba: la oficina contenía un escritorio, una silla apolillada y no mucho más.

—Esperen. Tengo un par de sillas de camping en las que pueden sentarse.

Ella esperó mientras él desplegaba una silla que había estado guardada detrás de la puerta, y luego tomó asiento mientras él hacía lo mismo para Barnes.

Una vez hecho esto, cerró las ventanas que estaban abiertas en la pantalla del ordenador, luego se volvió hacia ella y Barnes, y sonrió. —Bien, ¿de qué querían hablarme? No recuerdo haber llamado a la policía por nada. Han pasado meses desde el último robo.

Kay mostró su placa, y esperó hasta que Barnes hiciera lo mismo antes de presentarse formalmente.

—Señor Ashton, estamos aquí para hablarle sobre Jamie Ingram —recitó la advertencia formal antes de continuar, notando cómo se tensaba la postura del hombre—. Mi equipo y yo hemos reabierto la investigación sobre la muerte de Jamie, y tengo entendido que en ese momento usted servía con él en el Cuerpo Logístico Real.

Ashton se pasó la mano por la boca y luego apoyó el codo en el escritorio. —Así es. Caray, parece que fue hace una eternidad.

Kay echó un vistazo a la pequeña habitación y a las fotografías en la pared que mostraban a Ashton con varias celebridades menores de la zona. —Tiene un bonito lugar aquí. ¿Cómo logró permitirse montarlo con un sueldo del ejército?

—Recibí una herencia unos meses antes de ser desmovilizado. Vino muy bien, se lo aseguro. Tiene razón, no habría podido establecer el negocio con lo que ganaba en el ejército.

—Debe ser un trabajo duro, dirigir un lugar como este. ¿Lo disfruta?

Observó cómo sacaba pecho y se sentaba más erguido.

—Bueno, no es fácil este negocio, ¿sabe? Son muchas horas, y constantemente tengo que asegurarme de que mi personal mantenga los altos estándares que insisto en mantener. Tenemos una buena clientela habitual, sin embargo, y desde que tomé la iniciativa y proporcioné un servicio de bistró estilo cafetería entre semana, estoy viendo buenos resultados —se dio un toquecito en el lateral de la nariz—. Es mi experiencia, ¿ve? He visto ir y venir a muchos competidores a lo largo de los años, pero no pueden igualar mis habilidades empresariales.

—¿Cuál era su papel en el Cuerpo?

—Era soldado raso. Igual que Jamie. Nos alistamos con una semana de diferencia, pero luego terminamos siendo destinados juntos a Deepcut. Cuando descubrimos que ambos éramos de Kent, nos hicimos amigos.

—¿Socializaba mucho con él fuera del ejército?

Ashton sonrió. —Sí. Solíamos pasarlo en grande fuera del cuartel. Sus padres tienen una granja de frutas en las afueras de Maidstone: ciruelas, manzanas y cosas así. A Jamie le gustaban las motos como a mí, así que solíamos pasar el tiempo recorriendo los caminos alrededor de la propiedad en verano.

—Entonces, ¿conocía bien a su familia?

—Más o menos, supongo. Su hermana era guapa, recuerdo eso. Su madre era alemana, ¿verdad?

—Correcto. —Kay se tomó un momento para repasar sus notas, aunque se las sabía de memoria. A menudo, las entrevistas a testigos se trataban de marcar el ritmo, y no sería bueno apresurar sus preguntas—. ¿También estuvo destinado en Afganistán con Jamie?

—Sí. Cada vez. Estábamos en la misma unidad, ¿ve?

—¿En qué consistía su trabajo?

Se reclinó. —Bueno, cuando estábamos en Afganistán éramos responsables de asegurarnos de que el equipo estuviera en condiciones de uso. Si algo se rompía, o bien involucrábamos a los Ingenieros Eléctricos y Mecánicos Reales si era un problema mecánico, o bien organizábamos el envío de piezas de repuesto. Empaquetábamos todo lo que no podíamos arreglar allí y nos encargábamos de que se enviara de vuelta al Reino Unido.

Kay permaneció en silencio.

—¿Así es como Jamie logró pasar de contrabando la cocaína al país? —dijo Barnes.

—¿Qué? —El codo de Ashton resbaló del

escritorio, haciéndole perder el equilibrio. Se recuperó y miró furioso a Barnes, con el rostro pálido.

—Háblenos sobre el medio kilo de cocaína que se descubrió en el tanque de combustible vacío de un Jackal —dijo Kay—. ¿Cómo llegó allí?

—No tengo ni idea.

—Debe haberse sentido aliviado cuando Jamie murió y se abandonó la investigación —dijo Barnes—. Bastante conveniente para usted, ¿no?

Ashton se levantó de su asiento, las ruedas enviándolo a estrellarse contra la pared detrás de él. —Un momento. ¡No pueden entrar aquí y empezar a acusarme de matar a Jamie!

—No creo que mi colega haya dicho eso —dijo Kay, manteniendo su voz calmada—. Así que siéntese.

Ashton la miró fijamente, pero ella mantuvo su mirada hasta que él se hundió de nuevo en su silla, con las manos temblorosas. —¿Saben qué? En lugar de venir aquí, hablando de contrabando de drogas y sugiriendo que asesiné a mi mejor amigo, ¿por qué no hablan con Glenn Boyd?

—¿El ayudante?

Sonrió con desprecio. —Sí, él. Jamie estaba teniendo una aventura con su esposa, después de todo.

Yo diría que ese es un motivo bastante bueno para quererlo fuera del camino, ¿no creen?

Kay se levantó de su silla. —Gracias, señor Ashton. Creo que eso será suficiente por ahora. Nos pondremos en contacto.

Esperó hasta que ella y Barnes estuvieron afuera, y luego se volvió hacia él cuando la puerta del bar se cerró detrás de ellos.

—¿Qué piensas?

—O está mintiendo descaradamente, o está dirigiendo un negocio turbio. De cualquier manera, creo que la próxima entrevista con él implicará a un abogado.

Kay frunció los labios. —Exactamente lo que yo pensaba.

CAPÍTULO 21

De vuelta en la sala de incidentes, Kay apartó el teclado de su ordenador y miró fijamente a Barnes.

—¿Cómo es que no sabíamos que Jamie Ingram tenía una aventura con la esposa del ayudante?

Él se detuvo al pasar, luego revolvió un montón de papeles antes de dejarlos caer sobre su silla y estirarse por encima del respaldo para alcanzar una taza de té.

—Porque nadie ofreció esa información la primera vez, o lo hicieron y Harrison decidió ignorarla —dio un sorbo y luego hizo una mueca—. ¿Debbie? El té está frío.

—Eso es lo que pasa cuando lo ignoras durante media hora después de que lo puse bajo tu nariz.

—¿Alguna posibilidad de que…?

—Háztelo tú mismo. Tengo que transcribir la declaración de Carl Ashton, y tu letra es atroz. Deberías tomar algunas clases de mecanografía, ¿sabes? Me ahorraría muchos dolores de cabeza.

—Soy demasiado viejo para aprender algo nuevo, Debs.

—Dinosaurio.

Kay ignoró el intercambio entre sus colegas y volvió su atención a la base de datos HOLMES.

—¿Entrevistaron al ayudante en su momento? —preguntó Barnes.

—Sí, porque era a través de él que Jamie tenía que solicitar una reunión con su oficial al mando.

—Y supongo que era solo la suposición de Sharp de que el ayudante tenía algo que ver con el suministro de drogas, porque se necesitaba a alguien de alto rango para firmar el papeleo cuando los contenedores regresaban al Reino Unido, ¿verdad?

—Exacto. Como era tan tenue, el jefe de Sharp en la Policía Militar Real no lo mencionó a la Policía de Kent en ese momento, así que Glenn Boyd no fue entrevistado formalmente sobre eso. Solo se acercaron a él para verificar los movimientos de Jamie en los días previos a su muerte. Seamos sinceros; la Policía de Kent no tenía motivos para sospechar que había sido un crimen en ese momento porque Harrison había suprimido la información que Sharp le dio.

—Jamie Ingram era un tipo bastante misterioso, ¿no? —dijo Gavin mientras se acercaba desde su escritorio y le entregaba a Kay una hoja de papel—. Estos son los detalles de la señora Boyd que Debbie consiguió. Parece que ella y Glenn siguen casados, así que no sé si alguna vez se mencionó su aventura con Jamie.

—Gracias, Gavin. ¿Puedes acompañarme a entrevistarla mañana?

—Claro, hay un número fijo para la propiedad, así que la llamaré ahora.

—Ve con cuidado cuando lo hagas. No tiene sentido sacar el tema de la aventura frente a su marido.

—Entendido. ¿Cómo describirías a Ashton cuando hablaste con él?

—Un fanfarrón.

—Kay está siendo amable —dijo Barnes—. Lo que quiere decir es que podría hablar hasta por los codos.

Kay sonrió.

—Sí, ciertamente se creía todo un hombre de mundo, eso seguro. —Hizo una pausa y se giró en su asiento—. ¿Debbie? Cuando tengas tiempo mañana,

¿podrías echar un vistazo más de cerca al historial del bar de Ashton? Desde que lo compró por primera vez.

—Lo haré.

—También, cualquier infracción de licencia, intervención policial, ese tipo de cosas. Mencionó un robo hace unos meses, así que probablemente haya algo en el sistema sobre eso.

—¿Todavía crees que usó las drogas para pagar el negocio? —dijo Barnes.

—Sí, lo creo, y quiero saber si ha continuado traficando. Quiero decir, has visto las estadísticas en las noticias: los pubs ya tenían problemas antes de la recesión, y no ha mejorado mucho desde entonces.

—¿Y qué hay de su acusación sobre Jamie y la esposa del ayudante? ¿Crees que hay algo de verdad en eso, o nos lo está diciendo para enviarnos en una misión inútil?

—Estoy segura de que lo está usando como distracción, sí.

Se volvió hacia Gavin.

—¿Puedes hacerme un favor? ¿Puedes investigar los antecedentes de Glenn y Penny Boyd y ver si hay algún delito en la base de datos relacionado con alguno de ellos?

—Lo haré. Sin embargo, puede que no tenga eso para ti antes de que hablemos con ellos. —Señaló con el pulgar por encima de su hombro—. Acabo de recibir un caso de robo de coche en mi escritorio, pero haré lo mejor que pueda.

—Genial, gracias.

Barnes se apartó de la pared y cruzó los brazos.

—Muy bien. ¿Y ahora qué?

Kay estiró los brazos por encima de su cabeza con un gemido, y luego se crujió el cuello.

—Al pub. La primera ronda va por mi cuenta.

CAPÍTULO 22

A la mañana siguiente, Kay se sentó en el asiento del copiloto del coche más viejo que habían encontrado en el aparcamiento, y se sopló los dedos.

El vapor se elevaba de dos tazas de café de poliestireno que habían sido colocadas en los portavasos entre los asientos, y Gavin se inclinó sobre el volante para limpiar la condensación que se había formado en el parabrisas.

—Recuérdame otra vez por qué elegimos el coche sin calefacción. Esta cosa es un montón de óxido: la caja de cambios se está desmoronando, y estoy segura de que el freno de mano va a ceder en cualquier momento.

—Sí, pero tampoco parece un coche de policía. Mucho más fácil para nosotros pasar desapercibidos.

Ella levantó la barbilla cuando se abrió una puerta en una casa más adelante en la calle, y un hombre se apresuró por el camino del jardín y a través de una puerta, antes de abrir un coche azul de cinco puertas.

—Ahí va.

Desviaron su atención del coche mientras pasaba junto a su vehículo, fingiendo discutir en caso de que el conductor mirara en su dirección, y luego abandonaron la farsa en el momento en que estuvo fuera de vista.

Kay se giró en su asiento y miró por la ventana trasera mientras el coche indicaba a la derecha y se unía al flujo de tráfico en la carretera principal que se dirigía hacia el centro de Maidstone.

—¿Dónde dijiste que trabajaba?

—En un bufete de abogados. Estudió derecho mientras estaba en el ejército, y siguió una carrera en una de las firmas locales después de que lo licenciaran.

Ella miró su reloj. —Bien, tenemos media hora antes de que ella tenga que ir a trabajar.

Salieron del vehículo y se dirigieron por la estrecha acera hacia la casa. La puerta se abrió en el momento en que sus pies comenzaron a crujir en el camino de grava que conducía a ella.

Una mujer los miró, con preocupación en sus ojos.

—¿Señora Penny Boyd? Soy la inspectora Kay Hunter. Usted habló con mi colega aquí presente, el agente Gavin Piper, ayer. Nos gustaría hablar con usted sobre Jamie Ingram.

Penny les hizo señas. —Dense prisa. Antes de que los vecinos los vean.

Kay se limpió los pies en el felpudo y cruzó el umbral hacia un pasillo. Se deslizó para hacer espacio a Gavin y esperó mientras la mujer cerraba la puerta de golpe.

Se volvió hacia Kay y Gavin, sus cejas oscuras en marcado contraste con su corte de pelo rubio platino, y jugaba con una cadena de plata en su cuello. Llevaba un traje de negocios y estaba claramente agitada.

—Tengo que ir a trabajar. Realmente no tengo tiempo para esto.

—¿Podemos sentarnos en algún lugar?

Los dedos de la mujer revolotearon lejos del collar, y señaló con una mano temblorosa por encima del hombro de Kay. —La sala de estar está por ahí.

—Gracias.

Kay esperó hasta que Penny lideró el camino, y

luego la siguió a una habitación luminosa que daba a la calle.

Unas cortinas de encaje ocultaban la vista de los vecinos de la habitación, y un sofá había sido colocado debajo del alféizar de la ventana, frente a un gran televisor en la pared opuesta. Dos sillones estaban contra la pared del fondo, y fue hacia estos que Penny hizo un gesto.

—Tomen asiento.

Gavin sacó su libreta del bolsillo de su chaqueta mientras Penny se acomodaba en el sofá y doblaba las piernas debajo de ella.

—Cuando llamaron, pensé que era por el robo más arriba en la calle la semana pasada.

—¿Qué fue eso?

Penny hizo un gesto despectivo con la mano. —Oh, niños, supongo. A uno de los coches de nuestros vecinos le rompieron la ventana y se llevaron una tableta del asiento. —Puso los ojos en blanco—. Como si ustedes no advirtieran lo suficiente a la gente sobre eso.

Kay le dio una pequeña sonrisa. —No, nos gustaría hablar con usted sobre Jamie.

—No he pensado en él en años.

—¿Qué tan bien lo conocía?

Los ojos de Penny se entrecerraron. —Bueno, si

están aquí por Jamie, solo podrían haberlo escuchado de una persona. Carl Ashton, ¿verdad?

—Me temo que no puedo revelar mis fuentes, señora Boyd.

La mujer bufó. —Por supuesto que no. Incluso si está tratando de arruinar mi matrimonio.

—¿Cómo se conocieron usted y Jamie?

—En una fiesta, la primera vez que todos volvieron de Afganistán. Dios, no puedo describirles el alivio. No extraño esos días en absoluto. Seis meses de aburrimiento mezclados con una dosis poco saludable de terror cada vez que se iban. Lo odiaba.

—¿Qué sucedió?

—Bebí demasiado, detective. ¿No es así como suelen suceder estas cosas?

—No sabría decirle. ¿Fue esa la única vez?

Penny bajó la mirada a su regazo y pellizcó una pelusa imaginaria en sus pantalones. —No.

—Cuénteme.

—Nos veíamos bastante. Cuando no estaba fuera del país, quiero decir. —Penny extendió la mano y tomó dos pañuelos de papel de la caja sobre la mesa de café, antes de secarse los ojos—. Me culpé por su muerte, ¿sabe? Yo no lo maté, por supuesto, pero bien podría haberlo hecho, después de todo lo que pasó.

Kay captó la mirada inquisitiva de Gavin hacia ella, y luego volvió su atención a Penny.

—Lo siento, señora Boyd. Me ha perdido. ¿Puede explicar esa declaración?

La mujer apretó los pañuelos empapados en su palma, con el rostro desconsolado.

—La policía nunca me preguntó, ¿sabe? Ni la suya, ni la nuestra… quiero decir, el ejército. Traté de convencerme de que no era mi culpa.

Jadeó entonces, una respiración profunda que hizo que sus hombros se estremecieran. —Disculpen.

Gavin se dispuso a levantarse de su asiento cuando Penny se lanzó del sofá y salió apresuradamente de la habitación, pero Kay negó con la cabeza.

—Está bien. Dale un momento.

El sonido de arcadas llegó a los oídos de Kay, y el rostro de Gavin mostró comprensión.

Un rato después, Penny regresó, con un vaso de agua en la mano y las mejillas enrojecidas.

—Lo siento mucho.

Se movió hacia el sofá una vez más, tomó un sorbo de agua y colocó el vaso junto a la caja de pañuelos.

—¿Señora Boyd? ¿Qué sucedió? —dijo Kay.

La mujer tomó una respiración profunda y temblorosa.

—Es mi culpa que muriera esa noche —dijo—. Habíamos discutido, ¿sabe? Lo llamé mientras estaba en la granja. Era por la noche, creo que él y sus padres ya habían terminado de cenar, y me hizo esperar mientras salía de la casa para hablar conmigo.

—¿Sobre qué discutieron?

Penny apretó la mandíbula. —Quería terminar con todo. Nuestra aventura. Se estaba volviendo demasiado intensa. Yo... —Hizo una pausa para sonarse la nariz—. Mire, para mí, era solo un poco de diversión, nada más. Jamie era atractivo, estaba dispuesto. No sé. Era emocionante.

Un toque de petulancia sazonó las últimas palabras, y Kay sintió que perdía la simpatía por la mujer.

—¿Por qué es su culpa que Jamie muriera?

—Verá, Jamie estaba tan enojado conmigo. No quería terminar nuestra aventura. Por eso salió de la granja tan tarde esa noche. Venía a verme. Iba a suplicarme que cambiara de opinión.

—Señora Boyd, ¿tiene alguna evidencia que respalde esa afirmación?

—No, por supuesto que no. Pero estaba

obsesionado conmigo. Es el tipo de cosa que habría hecho en esas circunstancias.

Kay exhaló y se tomó un momento para ordenar sus pensamientos antes de continuar. —¿Qué hace su marido en el bufete de abogados?

—Ahora es socio. Su equipo dirige el departamento de reclamaciones por accidentes; muchos de sus clientes son aseguradoras de vehículos.

Kay cruzó una mirada con Gavin.

—Gracias por su tiempo, señora Boyd. Nos pondremos en contacto si necesitamos discutir algo más.

Penny se desenroscó del sofá y los acompañó hasta la puerta principal. Se detuvo con la mano en el pestillo.

—¿Detective? No le dirá a mi marido, ¿verdad?

—Solo si el curso de nuestra investigación sobre la muerte de Jamie lo hace inevitable —dijo Kay.

—No he tenido otra aventura desde Jamie —dijo Penny, con tono desesperado—. No sé. Sentí que su muerte era la forma en que Dios me castigaba por engañar a mi marido.

Kay resistió el impulso de suspirar.

—Nos pondremos en contacto si tenemos más preguntas, señora Boyd.

CAPÍTULO 23

—¿Qué te pareció eso?

Kay leyó las notas de Gavin mientras él los llevaba de vuelta a Maidstone.

—No creo que sea nuestra sospechosa —dijo él.

—No, yo tampoco lo creo. Culpable de engañar a su marido, pero nada más. Me pregunto por qué cree que el accidente de Jamie es su culpa.

—Bueno, como ella dijo, si él estaba desesperado por verla para hacerla reconsiderar terminar su aventura, tal vez no se estaba concentrando lo suficiente en las condiciones de la carretera esa noche.

—Quizás.

—¿Accidentes de vehículos de motor? ¿No te parece demasiada coincidencia que su marido trabaje en esa área del derecho? —Gavin metió el coche en el tráfico y levantó la mano en señal de agradecimiento cuando otro conductor frenó para dejarlo pasar.

—¿Cómo es que eso no apareció en el sistema? —dijo Kay.

—Su biografía en el sitio web de la firma es solo general y no menciona nada sobre vehículos de motor.

—Bien, veamos qué tiene que decir el señor Boyd.

—¿Qué hay del hecho de que su esposa tenía una aventura?

—Soy detective, no destructora de matrimonios —dijo Kay—. No tiene sentido sacar eso a relucir.

Sacó el móvil de su bolso y marcó el número del bufete de abogados donde trabajaba ahora Glenn Boyd. Después de cinco minutos negociando con la recepcionista, concertó una cita para reunirse con él más tarde esa mañana.

—Bien, podríamos ir a comer algo mientras esperamos. Si volvemos a la comisaría, puede que nunca logremos escapar de nuevo.

Gavin maniobró el coche hacia el carril correcto en la circunvalación para llevarlos al centro de la ciudad.

Kay no habría apostado por ello, pero él encontró

un espacio de estacionamiento a solo metros de su café favorito y se volvió hacia ella con una amplia sonrisa.

—Puedes quitar esa mirada presumida de tu cara, Piper. Tú pagas el desayuno.

Una hora después, llegaron a la puerta del bufete de abogados con diez minutos de sobra.

Como muchas de las firmas profesionales alrededor de la ciudad, el bufete estaba alojado en una hilera de edificios del siglo XVII que habían sido unidos en el interior, proporcionando un amplio espacio para los socios, asociados y personal administrativo necesarios para dirigir el negocio eficientemente.

La remodelación también se había llevado a cabo con buen gusto.

Kay admiró las vigas expuestas, sus colores oscuros destacando en contraste con las paredes de tonos claros. Le encantaba la forma en que los constructores no habían enderezado las paredes interiores. En su lugar, su superficie desigual servía como un elemento decorativo en el área de recepción.

La recepcionista les indicó dos sillones, tomando un teléfono de su base y poniéndoselo al oído mientras ellos se acomodaban.

No tuvieron que esperar mucho.

La voz de un hombre llegó a los oídos de Kay desde la dirección de un arco que había sido dejado in situ detrás del mostrador de recepción durante las renovaciones originales, antes de que él apareciera a la vista, metiendo un teléfono móvil en el bolsillo de su camisa mientras hacía contacto visual con ella.

Extendió su mano mientras se acercaba.

—¿Detective Hunter? Soy Glenn Boyd.

—Gracias por recibirnos esta mañana. Este es mi colega, el agente Gavin Piper.

—Hay una sala de reuniones libre que podemos usar durante la próxima hora. ¿Les importaría seguirme?

Se giró sin esperar una respuesta y llamó por encima del hombro mientras los guiaba de vuelta a través del arco.

—¿Helen? ¿Puedes transferir mis llamadas a Stephanie?

Kay no escuchó la respuesta de la recepcionista, pero siguió a Boyd por el pasillo un corto trecho, antes de que él girara a la izquierda y mantuviera la puerta abierta para ella y Gavin.

—Aquí estamos. Desafortunadamente, aún no tengo un rango lo suficientemente alto en la firma como para merecer mi propia oficina.

—Esto estará bien —dijo Kay.

—¿Mencionó por teléfono que se trataba de Jamie Ingram?

—Sí. Se nos ha solicitado reabrir la investigación sobre su muerte hace diez años, ya que hemos recibido nueva información.

Boyd frunció el ceño mientras se sentaba en una silla frente a ellos. —Supongo que no pueden decirme qué información es esa.

Kay sonrió. —Lo siento, no.

Él se encogió de hombros. —De acuerdo. ¿Qué necesitan saber?

—Me gustaría saber dónde estaba usted la noche en que Jamie Ingram murió.

Sus ojos se movieron de ella a Gavin, y de vuelta. —¿Qué? ¿Soy sospechoso o algo así? El accidente de motocicleta de Jamie fue solo eso, un accidente, ¿no?

—Responda la pregunta, por favor.

—Estaba en la oficina del cuartel. Todo el personal debía regresar antes de la medianoche del día siguiente, y no se imaginarían el papeleo involucrado en prepararlos para el redespliegue. Tenía las manos llenas; era la una de la madrugada cuando terminé y volví a mis habitaciones.

—¿Tiene una coartada para ese momento?

—No necesito una. Las oficinas del cuartel tenían un sistema de seguridad que codificábamos por tiempo. Pueden revisar los registros y verlo por ustedes mismos.

—Debe haberse sentido aliviado cuando su accidente fue declarado como tal.

—Yo no lo maté, detective.

—Ciertamente tenía motivos. Lo atraparon peleando con él detrás del cuartel seis meses antes de su muerte. ¿De qué se trataba todo eso?

Boyd resopló y sacudió la cabeza. Una tristeza llenó sus ojos, y metió la mano en el bolsillo de su pantalón y sacó un pañuelo antes de sonarse la nariz.

—Detective, me preguntó hace un momento si tenía una coartada para la noche en que Jamie murió. La tengo, pero por favor, sea cuidadosa con esta información.

Tomó un bolígrafo y un bloc de notas de cortesía que habían sido colocados junto a los vasos de agua en el centro de la mesa, y procedió a escribir un nombre y un número de teléfono en él. Se lo entregó a Kay.

—No sé si este número aún funcionará. Ha pasado diez años, después de todo.

Kay se mordió el labio mientras leía el texto, y luego levantó la mirada para encontrarse con la de él.

—Verá —dijo él—, mi esposa no era la única que tenía una aventura. Estoy seguro de que se enterarán de lo de ella y Jamie Ingram durante el curso de sus investigaciones. La vida en el ejército es dura. Uno se encuentra alejándose de aquellos a quienes más ama.

—Y, sin embargo, ustedes dos siguen juntos.

—Ella nunca se enteró de mi aventura. Cree que yo no sabía lo de ella y Jamie. La amo. Siempre lo haré.

Kay suspiró y le pasó el papel a Gavin, quien lo guardó en su libreta. Luego se volvió hacia Boyd.

—Hábleme de las drogas. ¿Cómo las introducían en el país?

—¿Devon Sharp o Stephen Carterton le contaron lo del depósito de combustible vacío?

—No estoy en libertad de revelar quién nos lo dijo.

—Bueno, difícilmente era un secreto una vez que se encontró medio kilo de cocaína. Nunca supimos cómo lo lograron. Una lástima. Luego Jamie murió y la investigación se fue diluyendo.

—¿Jamie parecía asustado en los días previos a su muerte?

Boyd miró al vacío por un momento y luego parpadeó. —Asustado no, distraído sí. Como si tuviera algo en mente. En ese momento, pensé que podría estar relacionado con las drogas que se encontraron, pero ahora no estoy seguro.

—Seguramente las mercancías importadas habrían necesitado que alguien de alto rango firmara el papeleo, ¿no? Jamie debe de haber tenido ayuda de arriba para lograr ese nivel de contrabando.

Boyd negó con la cabeza. —Yo no, y no creo que Carterton lo hubiera hecho tampoco, no por la forma en que puso patas para arriba el lugar cuando se encontraron esas drogas. Era su reputación la que estaba en juego, sin mencionar los procesos penales que amenazarían al regimiento. Nunca se arriesgaría.

—Entonces, ¿quién?

Se aflojó la corbata antes de apoyar los codos sobre la mesa. —Había un capitán que solía trabajar en la oficina del cuartel, en adquisiciones y cosas así. Tenía mis dudas sobre él, para ser honesto, pero ya es demasiado tarde.

—¿Por qué?

—Murió hace dos años después de un derrame cerebral masivo, detective.

Kay frunció los labios y reprimió su frustración. —¿Y el comprador? ¿Alguna idea de a quién podría haber planeado Jamie venderle las drogas?

—Lo siento, no.

CAPÍTULO 24

Kay golpeó el bolígrafo contra el escritorio, preguntándose qué línea de investigación podría seguir a continuación, antes de arrojarlo sobre una pila de carpetas y entrar a zancadas en la oficina de Sharp.

Carys se unió a ella mientras caminaba de un lado a otro frente a la pizarra.

—Normalmente te quejas de que Sharp desgasta la alfombra.

—Empiezo a entender por qué lo hace.

—¿En qué piensas?

—No creo que sea nada importante.

—Prueba decírmelo. —Carys se hundió en una de las sillas para visitantes junto al escritorio de Sharp y luego miró hacia arriba cuando Gavin,

Debbie y Barnes se unieron a ellas—. Buena sincronización.

—He conseguido esos registros y todo lo que pediste sobre el bar de vinos de Carl Ashton —dijo Debbie, entregando una carpeta a Kay—, y he hecho copias para todos los demás.

—Genial, gracias. Excelente trabajo.

Barnes maldijo por lo bajo mientras se apoyaba en el alféizar de la ventana y pasaba las páginas. —Este negocio debería haber quebrado hace dos años.

—O tenemos razón y está usando dinero en efectivo para sostener el negocio, o tiene un contable muy astuto —dijo Kay mientras recorría con la mirada los recortes de prensa que mostraban extravagantes remodelaciones y donaciones benéficas.

—¿Cuándo se estableció el bar? —preguntó Barnes.

—Hace nueve años —respondió Debbie—. Registró el negocio como sociedad anónima hace dos años. Obviamente, necesitaremos una orden judicial para sus registros contables.

—Entonces, ¿puede que solo estemos viendo una indicación de una fracción del dinero que ha pasado por ese bar?

—Exactamente.

—Me pregunto qué le hizo registrar el negocio —dijo Gavin.

Kay hojeó las páginas al final del informe y luego lo arrojó sobre el escritorio de Sharp. —Se está protegiendo. Si el negocio entra en liquidación, puede marcharse y nadie puede hacer nada al respecto.

—Lo que te hace preguntarte si su "herencia" está empezando a agotarse —dijo Barnes.

—Exacto. ¿Cómo te fue con las verificaciones de antecedentes de Glenn y Penny Boyd, Gavin? —preguntó Kay.

—No hay nada preocupante —dijo él—. Creo que ambos están libres de culpa en cuanto a las drogas.

—¿Crees que él sabía que su esposa continuó su aventura con Jamie después de que lo golpeara aquella vez? —dijo Carys.

—No, no lo creo —dijo Kay—. Aunque es difícil sentir lástima por cualquiera de los dos; son igual de malos en ese aspecto.

—Entonces, volviendo a lo que estábamos diciendo. ¿Qué crees que estaba pasando?

—Bien, esto es lo que sabemos hasta ahora. Jamie y, posiblemente, Ashton estaban introduciendo cocaína de contrabando en el país, usando equipos que regresaban de Afganistán para ocultarla. Glenn Boyd dijo que el oficial superior responsable de firmar ese equipo para fines de Aduanas e Impuestos Especiales murió de un derrame cerebral hace dos años, así que no podemos entrevistarlo. No había suficientes pruebas en ese momento para acusar a Jamie, pero una investigación de la Policía Militar Real estaba en curso cuando murió.

—¿Entonces, crees que alguien lo mató para silenciarlo?

—No estoy segura. Es decir, ¿por qué matar a alguien que era tu única fuente de ingresos?

—¿Rivalidad? Tal vez alguien más tenía un interés particular en introducir las drogas al país de contrabando —dijo Barnes.

Kay garabateó la sugerencia en la pizarra. —Vale la pena considerarlo. Después de todo, medio kilo de cocaína no es barato. Estoy segura de que una vez que se corrió la voz, algunas personas se habrían quedado preguntándose cómo logró introducirla de contrabando.

—¿Crees que lo había hecho antes? —dijo Gavin.

—Si lo hizo, ¿cómo se salió con la suya?

—Suerte, tal vez. —Gavin se encogió de hombros—. A veces, eso es todo lo que se necesita. ¿Stephen Carterton dijo si revisaban cada contenedor que regresaba, o si elegían uno o dos al azar?

—No lo dijo —dijo Kay—. Carys, ¿puedes aclarar eso con él?

—Lo haré. ¿Crees que no estaban tomando en serio sus responsabilidades de Aduanas e Impuestos Especiales?

—Apuesto a que no lo hicieron una vez que encontraron medio kilo aquella vez —dijo Barnes—. No es de extrañar que Sharp dijera que revolvieron el cuartel de arriba abajo tratando de averiguar quién lo había introducido de contrabando.

—Además de eso, de todo lo que hemos revisado, todavía no sabemos a quién estaba suministrando. Es decir, medio kilo de cocaína es una cantidad enorme para arriesgarse a introducir, y ni hablar de tratar de distribuirla. Y, por lo que estamos escuchando, esa no fue la única vez. Entonces, ¿quién demonios la estaba comprando?

—También tenemos que considerar la posibilidad de que un cliente descontento sea responsable de su muerte —dijo Barnes.

—Cierto. —Kay añadió su sugerencia a la pizarra, luego tapó el rotulador y se volvió hacia el equipo—. Bueno, eso ciertamente nos da algo de trabajo que hacer.

Barnes se apartó del alféizar de la ventana. —¿Qué quieres hacer a continuación?

—Arrestar a Carl Ashton y traerlo para interrogarlo en relación con el contrabando de drogas. ¿Puedes encargarte de eso, Carys?

—Lo haré.

—Bien. Haremos la entrevista a primera hora de la mañana.

—Yo traeré el café —dijo Barnes.

CAPÍTULO 25

A la mañana siguiente, Kay abrió la puerta de la sala de interrogatorios número dos y se hizo a un lado para que Carl Ashton y su abogado pudieran entrar.

Mientras tomaban asiento, Barnes revisó el equipo de grabación y le leyó a Ashton la advertencia formal antes de sentarse y asentir hacia Kay.

Ella abrió la carpeta frente a ella.

—Para que quede claro, señor Ashton, y para continuar con lo que mi colega le ha informado a usted y a su abogado, esta es una entrevista formal para hacerle preguntas en relación con presunto lavado de dinero, contrabando de drogas hacia el Reino Unido y su participación en la muerte de Jamie Ingram.

Ashton tragó saliva y palideció un poco.

Cuando no respondió, Kay continuó.

—¿Cuánto tiempo lleva con el bar?

—Unos nueve años. Desde que dejé el ejército.

—¿Qué le hizo decidirse a ser propietario de un establecimiento con licencia?

Sonrió con sarcasmo. —Me gusta la cerveza.

Kay entrecerró los ojos. —No empecemos con mal pie, señor Ashton. No intente hacerse el listo conmigo. ¿Cómo financió la compra del bar de vinos?

Se removió en su asiento y bajó la mirada. —Estaba barato. El último dueño la había fastidiado e intentaba deshacerse de él lo antes posible.

—Todo eso es muy interesante, pero responda a la pregunta. ¿Cómo pudo permitirse comprarlo?

—Ya se lo dije antes. Recibí una herencia unos meses antes de dejar el ejército.

Kay hojeó sus notas. —¿Quién es su contable?

—Uso uno diferente ahora. Mi antiguo contable se jubiló. ¿Por qué?

—Hay varios informes de periódicos disponibles en línea que demuestran que ha estado gastando mucho dinero en el negocio a lo largo de los años. Por ejemplo, realizó una gran remodelación antes de abrir el bar, y luego un año después ganó un premio local de negocios debido a la cantidad de personal que empleó con éxito. Además, hace tres años llevó a cabo un ejercicio de cambio de imagen, que imagino no fue barato, para lanzar la cafetería que estableció dentro del edificio. ¿De quién recibió la herencia?

—No puedo recordarlo. Podría haber sido una tía abuela, por parte de mi padre. No la conocía muy bien. —Se encogió de hombros—. Fue hace mucho tiempo.

—Y, sin embargo, le dejó suficiente dinero en su testamento como para comprar un negocio en apuros y gastar fondos significativos para darle la vuelta a su fortuna y mantenerlo a flote.

—Fue inesperado, es cierto. En cuanto al éxito del bar de vinos, bueno, eso es simplemente fruto de mi duro trabajo.

—Necesitaremos los datos de los abogados de su tía abuela.

—No puedo recordar el nombre.

—¿Dónde están ubicados?

—No lo recuerdo. Mire, solo tengo dos empleados trabajando en el bar hoy. Es viernes. Es nuestro día de mayor actividad. No creo que tenga tiempo para sentarme aquí a hablar con usted.

—No me importa lo que usted piense, señor Ashton. En este momento, las cosas no pintan muy bien para usted. —Kay señaló los papeles frente a ella—. No puede decirnos de quién heredó el dinero, después de afirmar que eso fue lo que financió el establecimiento de su bar de vinos. Los pocos éxitos que se han informado en las noticias locales no explican cómo está logrando mantener su negocio a flote, dado que muchos de sus competidores en el área están luchando o han cerrado a lo largo de los años. Eso me indica que tiene un problema de flujo de efectivo. El tipo de problema de flujo de efectivo que significa que no puede demostrar cómo su negocio está logrando mantenerse a flote por sí solo. Ahora, me inclino a creer que parte de eso se debe a lo que está desviando de los ingresos de la máquina de cigarrillos, y apostaría a que la mitad de su personal no está en nómina y probablemente se les paga en efectivo por debajo del salario mínimo. Pero ¿el resto?

Se detuvo y luego se volvió hacia Barnes, quien negó con la cabeza y dejó que una expresión de incredulidad nublara sus facciones.

Ashton golpeó la mesa con la mano, su labio superior se curvó en un gruñido. —No pueden hacer nada sobre cómo elijo dirigir mi negocio.

—En realidad, sí puedo. —Kay se inclinó hacia adelante y lo miró fijamente—. Y pasaremos todos estos papeles a Hacienda. Estoy segura de que estarán encantados de saber de mí.

—Zorra.

Kay lo dejó enfurecerse y luego cambió de táctica.
—Pasemos al medio kilo de cocaína que se encontró en el tanque de combustible vacío del Jackal hace diez años. ¿Cómo estaba Jamie introduciendo eso en el país cada vez? ¿Usted y él usaron el mismo método?

Ashton sonrió con suficiencia.

—Sí. Para la tercera vez, lo habíamos perfeccionado.

Kay alzó una ceja mientras él se sonrojaba intensamente y se daba cuenta de su error.

—Vaya, vaya. Te lo dije, Barnes. El señor Ashton no puede evitar alardear de sus logros. Sabía que se tropezaría un día.

El abogado de Ashton balbuceó y se levantó de su asiento. —Detective, debo insistir...

Ashton puso su mano en el brazo del hombre y negó con la cabeza, su expresión resignada. Esperó hasta que el abogado se hubiera sentado de nuevo, luego volvió su atención a Kay.

—Estaba desesperado, ¿de acuerdo? Tenía deudas de tarjetas de crédito hasta las orejas, y mi esposa se había divorciado de mí. Solo habíamos estado juntos un par de años, pero teníamos una hija, y mi ex quería que le pagara la manutención. No sabía qué más hacer.

—¿Cómo introducían de contrabando las drogas?

—No debía saberlo. Jamie organizaba todo eso.

—¿A quién se las vendían?

Negó con la cabeza. —No lo sé. Jamie no me lo diría.

—¿Por qué no?

—Dijo que cuanta menos gente supiera de los arreglos, mejor.

—Entonces, ¿no confiaba en usted?

—Yo no he dicho eso.

—Bueno, ya me parece que usted tiene la costumbre de difundir rumores para proteger su propia posición. Como contarnos sobre el romance de Penny Boyd con Jamie. ¿Mató a Jamie porque no quería decirle quién era el proveedor?

Con los ojos muy abiertos, su cabeza giró de Kay a Barnes, y luego de vuelta. —Ya se lo dije antes: no tuve nada que ver con su muerte. Fue un accidente, ¿no?

—¿Cuándo fue la última vez que habló con Jamie?

—Aproximadamente una semana antes de que muriera. Creo.

—¿Dónde estaba usted la noche de su muerte?

—Ya había regresado al cuartel. Pueden verificar los registros, ¿no?

—¿Cuánta cocaína más introdujo en el país después de que Jamie muriera?

—No lo hice. Ya se lo dije. Jamie era quien lo organizaba todo.

—Explique cómo.

Ashton levantó la mano para impedir que su abogado interrumpiera de nuevo, luego se frotó los ojos.

—Al diablo. De todos modos, estoy acabado, ¿no? Bien pueden escucharlo todo. —Sorbió por la nariz, luego se enderezó en su asiento mientras su mirada se encontraba con la de Kay.

—Cuando estábamos en Afganistán, se asignó a una unidad estadounidense la tarea de vigilar los alijos de drogas que se encontraban durante las redadas en la provincia, y se decidió que el lugar más seguro para guardar todo lo que encontraban era en uno de nuestros almacenes, porque eran a prueba de explosiones. Pusieron guardias en la puerta, por supuesto, pero Jamie y yo los conocíamos de vista y no era muy difícil distraerlos. El almacén era bastante grande, y era donde guardábamos todas las piezas de repuesto, además de empaquetar todo lo que tenía que volver al Reino Unido. Cuando almacenaron las drogas allí por primera vez, uno de los guardias tenía que acompañarnos mientras hacíamos nuestro trabajo, pero con el tiempo se volvieron complacientes. Confiaban en nosotros, ¿entiende?

—Continúe.

—La primera vez, creo que Jamie lo hizo solo para ver si podía salirse con la suya, como una broma. Así que yo seguí hablando con los guardias mientras él se excusaba diciendo que necesitaba algo del fondo del almacén. Cuando regresó, apenas podía contener la sonrisa. Luego, más tarde ese día, empezó a entrar en pánico sobre qué iba a hacer con ello. No es como si pudiera devolvérselo y decirles que solo era una broma, ¿verdad?

—¿Qué pasó después?

—Fue entonces cuando se le ocurrió la idea de conseguir más y pasarlo de contrabando de vuelta. No lo sé, creo que la granja estaba pasando por dificultades en ese momento, y tal vez Jamie no quería eso en su futuro. Michael siempre decía que la granja pasaría a Jamie, y me dio la impresión de que quería algo mejor que eso para esperar una vez que dejara el ejército. De todos modos, no habló de ello durante el resto de nuestro despliegue; solo nos quedaban unas cuatro semanas antes de volver al Reino Unido. Cuando regresamos, estábamos trabajando para procesar todas las piezas que habían sido contenidas y enviadas de vuelta para que pudiéramos repararlas o reemplazarlas, cuando Jamie se me acercó y me dijo que había encontrado un comprador para la cocaína. Creo que no dormí durante dos días después de eso, pero me dijo que si me mantenía callado me daría una parte de las ganancias.

—¿Cuántas veces ocurrió esto?

Ashton tragó saliva. —¿Después de esa primera vez? En cada despliegue hasta que ese medio kilo fue descubierto por accidente. Hasta que Jamie fue asesinado.

—¿Cuánto dinero recibió por ayudar a Jamie a pasar el control de los guardias en Afganistán?

—Quince mil libras.

—No parece mucho para arriesgar su carrera en el ejército.

Levantó la barbilla hasta que sus ojos se encontraron con los de ella. —Quince mil libras, cada vez. Ese medio kilo era la cantidad más pequeña que había introducido jamás. Nunca encontraron el resto.

CAPÍTULO 26

Carys levantó la vista de su escritorio cuando Kay regresó a la sala de incidentes.

Después de dejar a Barnes para que organizara el traslado de Carl Ashton a las celdas de detención, la habían convocado a la sede para participar en un taller de gestión de tres horas.

Ella y los demás delegados habían pasado la tarde luchando contra el letargo y el aburrimiento mientras fingían interés en una presentación excesivamente entusiasta sobre cómo gestionar sus cargas de trabajo, y preguntándose cuándo podrían volver a sus escritorios para hacer exactamente eso.

—He logrado contactar a alguien del Servicio de Fiscalía de la Corona para que venga aquí —dijo

Carys mientras se acercaba—. Está en la oficina de Sharp.

—Eso es genial, gracias. Gavin, ¿alguna novedad sobre la pista que nos dio Glenn Boyd acerca del tipo que según él estaba ayudando a Jamie por aquí?

El joven agente giró en su silla para mirarla.

—Hablé con la esposa del hombre. Confirmó que murió de un derrame cerebral masivo hace dos años. Completamente inesperado, al parecer; no era una persona poco saludable y había mantenido un régimen de ejercicios desde que dejó el ejército. Estoy esperando una llamada de la oficina de impuestos para ver cómo era su situación financiera antes de morir, por si estaba recibiendo dinero del tráfico de drogas.

—De acuerdo. Avísame si descubres algo que pueda ayudarnos.

—Lo haré. ¿Cómo te fue con Carl Ashton?

Kay hizo un gesto hacia la oficina de Sharp mientras Barnes aparecía, aflojándose la chaqueta. — Estamos a punto de averiguar si tenemos suficientes pruebas para acusarlo, así que te lo haré saber.

Kay cerró la puerta al entrar en la habitación después de Barnes, y se sintió aliviada al encontrar a Jude Martin reclinada en la silla de visitas junto al escritorio de Sharp.

La asesora del Servicio de Fiscalía de la Corona trabajaba estrechamente con los oficiales de la Policía de Kent para asegurar que los casos que se llevaban ante un tribunal fueran gestionados adecuadamente desde el momento en que se acusaba a un sospechoso.

Vestida con un traje azul claro y una blusa crema, su cabello rubio claro cortado a la moda, la mujer irradiaba confianza y autoridad.

—Jude, me alegro de verla. Gracias por venir.

Jude se levantó para estrechar la mano de ambos antes de volver a tomar asiento junto al escritorio de Sharp. —Hola, Kay. Carys me dijo que tenía un caso interesante para mí. Cuénteme.

—Tenemos a un sospechoso abajo en relación con un caso sin resolver de hace diez años que se nos ha encargado investigar, pero no es sencillo y podría usar su consejo.

Kay procedió a darle a la oficial del SFC una visión general de la investigación hasta la fecha y el resultado de la entrevista que ella y Barnes habían realizado con Carl Ashton. —¿Cuáles son nuestras opciones?

—Bueno, no hay evidencia que sugiera que Ashton esté actualmente traficando drogas para mantener su negocio a flote. Sin embargo, ciertamente tenemos suficiente para trabajar con

Hacienda respecto a la financiación y los informes contables continuos del negocio. Estarán interesados en saber sobre los pagos en efectivo, para empezar.

—Entonces, ¿no hay procesamiento por el contrabando histórico?

—No he dicho eso. Ashton admite haber tomado su parte de las ganancias de la importación de esas drogas y haberla usado para iniciar su negocio. Eso es lavado de dinero. Puede que no sea parte de un gran sindicato, pero aún podemos acusarlo bajo un subconjunto de la ley por autolavado de esos fondos.

Kay exhaló. —Me alegra oírlo.

—No se preocupe, estoy segura de que podemos hacer su vida desagradable por bastante tiempo. Me pondré en contacto. —Jude sonrió, se levantó de su silla y dio un golpecito en el brazo de Kay con su carpeta.

Kay la acompañó hasta el área de recepción y luego regresó a la oficina de Sharp para encontrar a Barnes mirando fijamente la pizarra.

—Así que tenemos resuelto lo del cómplice de Jamie en cuanto al suministro —dijo él—. Pero aún no hay señales del comprador, ni del asesino de Jamie.

—Lo sé. Nos estamos perdiendo algo, Ian, y me está molestando. Mantenme informada sobre lo que

Gavin averigüe de los registros fiscales de ese tipo, ¿de acuerdo?

—Sin problema.

Kay suspiró y lo guio de vuelta a la sala de incidentes. —Le pediré a Carys que vuelva a verificar todo lo que tenemos sobre el ex ayudante y su esposa, también, en caso de que estén trabajando juntos para encubrir algo.

—Oh, oh.

—¿Qué?

Él levantó la barbilla, desviando la mirada de la de ella. —Parece que Larch quiere esa actualización ahora.

Ella miró por encima de su hombro. —Oh, genial. Justo a tiempo.

—Buena suerte. Te veré el lunes por la mañana.

—Sí. Gracias, Ian.

—A mi despacho.

Kay siguió a Larch mientras este salía a zancadas de la sala de incidentes y avanzaba por el pasillo, luchando contra una sensación de pánico.

Después de todo, había obtenido un resultado, aunque no fuera exactamente el que esperaban.

Carl Ashton sería acusado de acuerdo con las directrices del Servicio de Fiscalía de la Corona establecidas por Jude, y al menos había resuelto el misterio de la mitad de la cadena de suministro de las drogas.

Sin embargo, ella sabía cómo era el inspector jefe.

No sería suficiente.

Luchó contra el pánico creciente en su pecho. Tenía que demostrar que era capaz de liderar una investigación importante y tenía que lograr que se retirara la investigación de Normas Profesionales de Sharp.

Larch se había detenido y le sostenía la puerta de su despacho abierta.

—Gracias, jefe.

—Acabo de tener una reunión en la jefatura con la comisario jefa —dijo él—. Ha reiterado que espera resultados antes de que finalice el año fiscal para poder solicitar más fondos para la división Oeste. Eso nos da poco más de seis semanas para poner nuestra casa en orden, Hunter. Entonces, ¿qué tienes para mí?

—Acusaremos a Carl Ashton de suministro histórico de drogas de Clase A, sin mencionar el robo de esas drogas de una instalación segura en Afganistán y el blanqueo de dinero procedente de la venta. Jude Martin, del SFC, va a investigar la mejor manera de hacerlo, dado que el robo ocurrió mientras estaba empleado por el ejército. También se enviará el expediente de Ashton a Hacienda debido a que utilizó el dinero generado por la venta de esas drogas para financiar su negocio y no declaró otros ingresos en efectivo.

Larch arrugó la nariz. —No son exactamente los fuegos artificiales que buscábamos, ¿verdad?

—Me doy cuenta de eso, jefe. Todavía necesitamos encontrar al comprador también.

—¿Alguna pista?

—No. No en este momento. Mi intención es realizar una revisión la próxima semana de nuestra investigación hasta la fecha, y espero tener un camino a seguir una vez que lo haya hecho.

—Será mejor que también tengas una reunión con la familia, para que puedan estar al día antes de que los medios se enteren del arresto de Ashton.

—Concertaré una cita para hablar con ellos lo antes posible.

Suspiró y se aflojó la corbata del cuello, enrollando la tela alrededor de su mano antes de dejarla caer sobre el escritorio entre ellos.

—Cierra la puerta, Hunter.

Kay frunció el ceño, pero hizo lo que le dijeron antes de volver a su asiento.

—¿Qué está pasando, jefe?

—Lo que estoy a punto de decirte se queda entre estas cuatro paredes, ¿entendido?

—De acuerdo, sí.

—Necesitamos que Sharp vuelva aquí lo antes posible. Pronto habrá algunos cambios aquí, y tengo que asegurarme de que esta comisaría quede en manos capaces.

—¿Qué quiere decir?

Kay sintió que su ritmo cardíaco aumentaba un poco más.

Larch parecía inquieto, como si no supiera qué decir, faltando su habitual tono brusco. Tomó un respiro profundo.

—Hunter, a mi esposa le han diagnosticado cáncer de mama. Está bastante avanzado y, para ser honesto, sus probabilidades no son buenas.

—Jefe, lo siento mucho.

Negó con la cabeza, como para recomponerse. —He hablado con la comisario jefa. Tomaré un permiso sabático, comenzando en una semana más o menos. Así que, como puedes ver, necesito que Sharp regrese aquí antes de que me vaya. La comisario jefa ha estado de acuerdo conmigo en que si podemos limpiar su nombre asociado a esas acusaciones inventadas que Harrison ha hecho, entonces él debería ser el inspector jefe interino en mi ausencia.

Kay se inclinó hacia adelante y apoyó los codos en las rodillas mientras miraba fijamente la alfombra.

—No sé qué decir, jefe.

Él soltó una risa amarga. —Eso debe ser una primera vez.

—¿Qué va a hacer? Quiero decir, ¿qué *se puede* hacer?

—Los médicos dicen que le quedan unos cuatro meses, si tenemos suerte. En cuanto salga de aquí, la llevaré a Francia para un fin de semana largo; unos amigos nuestros tienen una casa de campo, y es uno de sus lugares favoritos. Me gustaría que volviera a verlo antes de que sea demasiado tarde. Después de eso. —Se encogió de hombros y se limpió los ojos—, no lo sé. Supongo que tendremos que ver cómo van las cosas.

Kay sorbió por la nariz, y Larch le empujó una caja de pañuelos a través del escritorio.

—Gracias.

—No siempre nos hemos llevado bien, Hunter. Pero respeto a Sharp, y él obviamente te respeta a ti. Entonces, ¿qué vas a hacer para traerlo de vuelta?

Kay se sonó la nariz, arrugó el pañuelo y lo arrojó a la papelera.

Tomó un respiro profundo y se obligó a concentrarse de nuevo.

—Bien. De acuerdo, bueno, no creo que Carl Ashton tuviera nada que ver con la muerte de Jamie. Dependía de Jamie para ese ingreso extra de las drogas que estaban trayendo. Confirma que no tiene idea de a quién le vendía Jamie, y después de entrevistar al ayudante, no creo que él estuviera involucrado tampoco. El oficial superior que probablemente ayudó a Jamie a contrabandear las drogas al país murió hace algún tiempo, y de nuevo, por lo que he hablado con Ashton, no creo que ese hombre supiera quién era el comprador tampoco. Con el tiempo limitado que hemos tenido para investigar esto, aún no hemos tenido la oportunidad de hablar con los amigos de Jamie, los que no son del ejército. A partir de la próxima semana, comenzaremos a entrevistarlos. Esperemos que eso arroje algo de luz.

—¿Hay algo que sugiera que Sharp encubrió esto?

—Parece que Sharp trató de plantear el asunto a Harrison hace diez años, pero fue ignorado. Al hablar con Sharp, resultó que la investigación sobre las actividades de Jamie acababa de comenzar cuando lo mataron. Sharp tenía muy pocas pruebas para respaldar la teoría de que Jamie era responsable de las drogas encontradas en el tanque de combustible vacío. Cree que es por eso que Harrison se negó a considerar la posibilidad de que Jamie fuera asesinado. No hay nada en la base de datos sobre el tráfico de drogas, y solo se me informó una vez que hablé con el antiguo oficial al mando de Jamie. Sharp lo confirmó entonces.

Larch asintió y se reclinó en su silla mientras contemplaba el techo.

—No estoy dispuesto a entregar la dirección de

esta comisaría a un completo desconocido. Necesitamos que Sharp vuelva aquí. Tienes que encontrar a ese comprador, Hunter. Esa es la clave.

—Lo haré, jefe.

—Puedes retirarte.

CAPÍTULO 28

Kay parpadeó para contener las lágrimas e intentó concentrarse en el tráfico frente a ella.

Había apagado la radio al encender el motor, ya que la alegre música contrastaba con su estado de ánimo sombrío.

Le dolía el brazo, recordándole que aún estaba débil y necesitaba tiempo para sanar. Sabía que se estaba exigiendo demasiado en cuanto a su salud, pero no podía rendirse ahora.

La conmoción por las noticias de Larch reverberaba en sus pensamientos, y se preguntaba cuándo se haría público al resto del personal que trabajaba en la comisaría.

Se dio cuenta de que él no le había dicho si Sharp estaba al tanto de las circunstancias que ahora dictaban la urgencia de la investigación. Sospechaba que no; conociendo a Larch, no querría ilusionar a Sharp en caso de que Kay fracasara.

Tragó saliva, sintiendo náuseas ante la idea de defraudarlo.

Cuando había propuesto la idea de investigar el caso sin resolver, nunca se hubiera imaginado que la pondría en primera línea tan rápidamente, o con consecuencias tan catastróficas si no lograba demostrar que Sharp tenía razón y que Jamie Ingram había sido asesinado.

Un claxon sonó, y se dio cuenta de que el semáforo se había puesto en verde.

Pisó el acelerador, maldiciendo cuando un autobús eligió exactamente el mismo momento para salir del estacionamiento del supermercado frente a ella, y golpeó el volante con la palma de la mano en señal de frustración.

El conductor del autobús se alejó sin percatarse del pequeño accidente que casi había causado, y ella revisó sus espejos antes de arrancar una vez más.

Sus pensamientos volvieron a la conversación que había tenido con Zoe Strathmore, la psiquiatra.

Nunca admitiría las pesadillas, ni sus dudas sobre su papel, y le molestaba tener que mantener la cita. No había dormido bien desde entonces, y su agotamiento estaba empezando a tener un efecto visible en su cuerpo.

Suspiró y se dio cuenta de que el viaje de diez minutos a su casa iba a tomar el doble de tiempo; la lluvia torrencial y la poca visibilidad habían ralentizado el tráfico hasta dejarlo paralizado en el centro de la ciudad. Todo lo que quería era llegar a casa y acurrucarse en el sofá con Adam y una copa de vino. Ni siquiera sabía si quería comer.

Soltó una risa ahogada al pensar en la cara que pondría Adam si le sugiriera algo así; siempre la molestaba por sus hábitos alimenticios y se horrorizaría si se saltara la cena.

Su corazón se hinchó al pensar en él, y se hizo una promesa a sí misma de que cuando terminara la investigación actual, lo llevaría a un fin de semana fuera.

Habían pasado una semana en Portugal en enero; un paquete barato que él había encontrado en línea. Al principio ella había protestado, hasta que él señaló que un cambio de escenario le haría bien una vez que le quitaran el yeso del brazo roto.

Habían resuelto tomar más vacaciones este año, y sintió que sus hombros se relajaban mientras pensaba en los lugares que podrían explorar.

Tuvo un breve respiro de la lluvia que golpeaba el

techo del coche cuando el embotellamiento se detuvo y se encontró bajo el puente del ferrocarril sobre la A20.

Un tren pasó retumbando, haciendo que las palomas salieran volando de su refugio en las vigas del puente sobre su cabeza.

Las miró con furia, desafiándolas a que ensuciaran su coche, pero se asentaron sin incidentes y el tráfico avanzó.

Su teléfono móvil comenzó a sonar en el soporte del salpicadero, y reconoció el número de su hermana. Pulsó el interruptor en el volante.

—Hola, Abby.

—¡Dios mío! ¿Dónde estás? Suena como si estuvieras parada bajo una cascada o algo así.

—Estoy de camino a casa. Está lloviendo a cántaros y el tráfico es terrible. ¿Cómo van las cosas por ahí?

—¿Has hablado con mamá hoy?

Kay se enderezó en su asiento, las alarmas sonando en su cabeza.

—No me ha llamado, no.

La relación entre ella y su madre no había mejorado con el tiempo. Una vez que su madre había descubierto los verdaderos efectos de las secuelas de la investigación de Asuntos Internos a la que Kay había sido sometida hace dos años, y el hecho de que Kay había sufrido un aborto y no se lo había dicho a sus padres en ese momento, su madre se había negado a hablarle.

Abby sorbió por la nariz.

—Es papá.

—¿Qué? ¿Qué está pasando? ¿Está bien?

—Eso creen. Lo llevaron de urgencia al hospital esta mañana con dolores en el pecho. No puedo creer que ella no te lo haya dicho.

—¿Está bien? ¿Necesitas que vaya?

—No, está bien, de verdad. Lo están atribuyendo a un caso grave de acidez, pero lo mantendrán en observación durante la noche. Perdona si te asusté.

—¿Estás segura?

—Sí. Solo quería que lo supieras en caso de que oyeras algún rumor sobre él y te alarmaras. Ya sabes cómo puede ser la tía Liz.

La hermana de su padre era hipocondríaca en el mejor de los casos, y si no tenía nada de qué preocuparse con respecto a su propia salud, su atención se dirigía a su familia. Fácilmente podía convertir un caso de mala indigestión en un cuádruple bypass, si se le daba la oportunidad.

—Menos mal que me has avisado tú antes que ella.

—Sí, mira. Tengo que irme, las niñas están a punto de empezar a pelear. Papá estará en casa mañana por la noche, si quieres llamarlo entonces. Yo pasaré por allí, así que mantendré a mamá ocupada cuando llames.

—Eso es genial, Abby. Gracias. Hablamos luego.

Kay terminó la llamada y se dio cuenta de que le temblaban las manos.

Indicó para girar a la derecha y salir de la calle principal, y siguió la sinuosa calle a través de la urbanización antes de girar a la izquierda hacia el camino.

El vehículo todoterreno de Adam estaba estacionado en la entrada de grava, y ella frenó junto a él antes de apagar el motor.

Suspiró aliviada. Amaba su trabajo, pero había días en los que se alegraba de estar en casa.

Cuando introdujo la llave en la cerradura y entró en el vestíbulo, lo primero que notó fue el silencio.

La planta baja estaba a oscuras, excepto por una luz encendida en la cocina.

No había aromas llenando la casa, ni ruido de ollas y sartenes, nada en absoluto.

Frunciendo el ceño, dejó caer su bolso en las escaleras y se apresuró hacia la cocina.

Adam estaba sentado en la encimera, con la

cabeza entre las manos y una copa de vino sin tocar a su lado.

Había estado llorando.

—Adam, ¿qué demonios pasa? ¿Qué ha ocurrido?

Él levantó la cabeza, con lágrimas rodando por sus mejillas.

—Rufus murió esta tarde.

Su labio inferior tembló, y luego cruzó la habitación hacia él en tres zancadas.

—No sufrió nada —dijo—. Simplemente se fue. Un minuto estaba roncando a todo pulmón mientras yo leía el periódico, y de repente me di cuenta de que la habitación se había quedado en silencio. —Se limpió las mejillas—. *Siempre* me aseguro de estar ahí para ellos al final, acariciándoles el pelo o sosteniéndoles una pata. No estuve ahí para él.

—Oh, Adam.

Sus brazos la rodearon mientras ella enterraba la cabeza contra su hombro.

—Este ha sido el peor día de todos.

CAPÍTULO 29

Una fina capa de escarcha cubría el coche de Kay cuando salió de casa el sábado por la mañana, y no envidiaba a Adam por tener que hacer sus rondas semanales por los establos locales con ese tiempo gélido después de pasar una noche en vela coordinando con el servicio especializado de cremación de mascotas.

Él se había marchado una hora antes que ella, y una vez que se puso unos vaqueros y un jersey de lana, cogió su bolso y las llaves de la encimera de la cocina y se dirigió al trabajo, su aliento empañándose en el aire frío.

Llegó temprano; el piso superior de la comisaría estaba a oscuras cuando entró, y se pasó cinco minutos encendiendo la cafetera, su ordenador, y la impresora y fotocopiadora antes de quitarse la bufanda. Mantuvo el abrigo sobre sus hombros.

Maldijo a los electricistas que aún no habían descubierto la fuente del problema con el sistema de calefacción y aire acondicionado central, luego envolvió sus dedos alrededor de una taza de café y se puso a trabajar.

Se mordió el labio mientras revisaba los nuevos correos electrónicos que habían aparecido en el sistema desde que se había ido la noche anterior, separó los que podía permitirse ignorar por unos días, y luego comenzó a delegar tareas al equipo que ahora lideraba mientras el fantasma de Jamie Ingram atormentaba sus pensamientos.

A pesar del resultado de acusar al hombre que trabajaba con él en el suministro de drogas, aún no estaba más cerca de descubrir la verdad sobre su muerte, y eso la preocupaba.

Se le escapaba algo; había más en el caso de lo que habían descubierto hasta la fecha, y maldijo por lo bajo su ineptitud para encontrar la conexión.

Pulsó "enviar" en el último correo electrónico justo cuando Gavin atravesó la puerta, con un vaso de café para llevar en la mano.

—Buenos días, Kay. —Colocó una bolsa de papel junto a su codo, el aroma de un croissant caliente cosquilleaba sus sentidos—. Pensé que podrías necesitar esto, ya que no desayunas.

—Hola. —Levantó la mirada hacia la luz gris que ahora se filtraba por las ventanas del otro lado de la oficina, y parpadeó antes de mirar su reloj—. Espera. ¿Qué haces aquí un sábado? ¿Te estás retrasando con tu carga de trabajo o algo así?

Él sonrió, abrió la boca para hablar, y luego se giró cuando la puerta se abrió de nuevo.

Aparecieron Carys y Barnes, la detective más joven soplándose las manos mientras cruzaba la habitación.

—Caray, se supone que el tiempo debería estar mejorando en esta época del año.

Kay se reclinó en su silla. —Muy bien, ¿qué está pasando aquí?

—Pensamos que no podrías dejar las cosas en paz durante el fin de semana —dijo Barnes. Sonrió—. Te conocemos demasiado bien.

—Sí, así que decidimos venir a ayudar —dijo Carys—. Pares de ojos extra y todo eso.

Kay se frotó la nuca, liberando parte del estrés de sus hombros. —Lo aprecio, de verdad que sí. No voy a discutir, sé que ninguno de vosotros me escuchará de todos modos si intento haceros volver a casa. Pero os invitaré a todos a almorzar en el White Rabbit, ¿de acuerdo? No quiero que trabajéis esta tarde, de lo contrario estaréis agotados cuando vengáis el lunes.

—Sí, jefa —dijo Gavin, y le guiñó un ojo.

Ella arrugó la servilleta que tenía al lado y se la tiró, luego se puso seria y se levantó de su silla.

—A la oficina de Sharp.

Esperó hasta que todos se hubieran acomodado, y luego retiró la fotografía de Carl Ashton de la pizarra y la dejó a un lado.

—Muy bien, después de los acontecimientos de ayer, estoy convencida de que Ashton no estuvo involucrado en la muerte de Jamie Ingram. Ahora necesitamos ampliar la investigación, eso significa volver a entrevistar a sus amigos con los que habló el equipo de Harrison en el momento de su muerte. ¿Quién tiene los nombres?

Carys levantó la mano y bajó la mirada hacia una carpeta en su regazo antes de abrirla. —Fuera del ejército, Jamie solo tenía un par de amigos cercanos: conocía a Greg Kendrick desde la escuela primaria, y al parecer solían tomar el mismo autobús para ir a la escuela. Según la declaración original de Natalie Ingram, Kendrick se mantuvo en contacto a lo largo de los años y visitaba la granja de vez en cuando entre los despliegues de Jamie. Una segunda persona de interés, David Mason, vive en Canterbury y trabaja en un gran almacén de papelería. Casado y con dos hijos en el momento de la muerte de Jamie; al parecer, él y Jamie estuvieron juntos en los Scouts cuando eran niños y, de nuevo, se mantuvieron en contacto. Debbie ya ha hablado con ellos y ha obtenido detalles actualizados.

—Bien. En ese caso, quiero que pasen la mañana investigando los antecedentes de estos dos. Si encuentran algo, cualquier cosa, márquenlo para que podamos incorporarlo a nuestras entrevistas con ellos la próxima semana. —Miró su reloj—. Eso nos da dos horas y media hasta la hora del almuerzo.

—¿Cómo te fue con Larch ayer? —dijo Barnes.

Kay tomó un sorbo de su café y consideró su respuesta antes de contestar. —Miren, seré tan honesta como pueda. Habrá algunos cambios importantes por aquí en las próximas semanas. No hay nada de qué preocuparse, sus puestos están seguros, pero significa que estamos bajo presión para resolver este caso lo antes posible. Tenemos que encontrar al comprador, y tenemos que averiguar de una vez por todas si esa persona fue responsable de la muerte de Jamie, o si realmente fue un trágico accidente.

El equipo intercambió una mirada entre ellos, antes de que Gavin se volviera hacia ella.

—De acuerdo, ¿qué necesitas de nosotros?

Kay sonrió. —Sigan con el buen trabajo. Obtuvimos un resultado ayer, estamos a mitad de camino. Aprecio que estén haciendo esto en su tiempo libre, pero tenemos que seguir adelante. No podemos rendirnos ahora, ni permitirnos distraernos.

Barnes se levantó de la silla de visitas y se estiró. —Muy bien, pongámonos manos a la obra. ¿Qué vas a hacer tú mientras tanto?

—Voy a hablar con Michael y Bridget Ingram.

CAPÍTULO 30

Michael Ingram estaba de pie en la puerta de la granja cuando Kay frenó hasta detenerse y bajó de su vehículo.

Miró por encima del techo y notó un coche azul claro aparcado junto a un pequeño tractor, y lo reconoció de su visita a Natalie Stockton.

Él extendió su mano mientras ella se acercaba, con expresión resignada.

—Gracias por recibirme en fin de semana, lo aprecio.

—¿Tiene alguna novedad? ¿Han arrestado a alguien?

—¿Podemos entrar? Veo que el coche de Natalie está aquí.

Él asintió y retrocedió, cerrando la puerta

principal tras ella. —Llegó hace una hora con Giles y los niños.

Como si fuera una señal, un chillido emocionado de un niño llegó a sus oídos un momento antes del sonido de pies corriendo desde la habitación de arriba.

Michael sonrió. —Se quedarán aquí el fin de semana. Alex y Will siempre están un poco exaltados cuando llegan. Se calmarán en un rato.

—Debe ser agradable tenerlos a todos a su alrededor.

—Tiene razón, lo es. ¿Quiere ir a la cocina? Ya sabe dónde está. Bridget está allí. Yo subiré a buscar a Natalie. Giles puede vigilar a los niños mientras hablamos.

—Perfecto, gracias.

Esperó hasta que él empezó a subir las escaleras y luego se dirigió por el pasillo hacia la cocina.

Bridget se volvió desde la estufa cuando ella entró y se apartó el cabello de los ojos.

—Buenos días, detective. Michael dijo que había llamado y que pasaría. Siéntese, póngase cómoda. ¿Una taza de café?

—Eso sería estupendo, gracias.

Kay se quitó el abrigo de los hombros y lo colgó en el respaldo de una silla, luego tomó la taza humeante de Bridget y se sentó.

Un álbum de fotos había quedado abierto sobre la mesa, y Bridget se acercó cuando notó que Kay echaba un vistazo a las páginas.

—Hacía tiempo que no miraba estas —dijo, girando el álbum para que Kay pudiera ver mejor—. Estas fueron tomadas cuando los gemelos eran adolescentes.

—Aquí son más jóvenes que en las fotos que tiene Sharp.

—Sí, las suyas fueron tomadas el último día de secundaria. Tenían catorce años cuando se tomaron estas.

Una sonrisa triste pasó por los labios de la mujer mientras pasaba la página. —Tuvimos una cosecha récord ese año, así que todos teníamos que ayudar. Solían llegar de la escuela a las cuatro y media, luego nos ayudaban en los huertos durante un par de horas antes de volver adentro para cenar y hacer sus deberes.

Pasó suavemente la mano sobre la página y luego miró hacia arriba cuando Michael apareció con Natalie.

La mujer parecía agobiada y se sentó frente a Kay con un fuerte suspiro.

—¿Tiene hijos, detective?

—No, no los tengo. Supongo que están

emocionados de estar aquí, ¿verdad?

—Sí. Con suerte, unas horas corriendo por la granja con papá más tarde los agotará. Suele funcionar; no hay nada como el aire fresco.

Kay esperó hasta que Michael y Bridget se unieron a ellas en la mesa, y entonces dejó su taza y se inclinó hacia adelante.

—Quería hablar con ustedes hoy y ponerlos al día sobre cómo está progresando nuestra investigación.

—¿Han arrestado a alguien? —repitió Michael.

—Lo hemos hecho, pero no en relación con la muerte de Jamie. —Kay hizo un gesto a Michael para que no la interrumpiera—. Lo siento, tengan paciencia. Después de hablar con todos ustedes, comenzamos nuestra investigación volviendo a entrevistar a los antiguos compañeros del ejército de Jamie. Me disculpo, esto va a ser un shock para ustedes, pero durante el curso de nuestras averiguaciones, se descubrió que Jamie estaba involucrado en el contrabando de drogas hacia el país después de cada despliegue en Afganistán.

Bridget jadeó y se cubrió la boca.

—¿Drogas? —Natalie miró de su madre a su padre y luego de vuelta a Kay, con los ojos muy abiertos—. ¿Están seguros? Jamie nunca haría algo así. ¿De dónde sacaron eso?

—El ejército había iniciado su propia investigación sobre las actividades de contrabando poco antes de la muerte de Jamie…

—Sharp nunca dijo nada —dijo Bridget—. Todo este tiempo. Nunca dijo nada.

Michael alcanzó la mano de su esposa. —Él me habló de eso, después de que Jamie muriera. No quise decírselo a ninguna de las dos porque tenía mucho miedo de lo que podría hacerles, el shock.

—Ayer por la tarde, acusamos al cómplice de Jamie, un hombre que desde entonces ha dejado el ejército —dijo Kay—. Quería decírselo cara a cara, antes de que los medios tuvieran la oportunidad de enterarse de la historia. Haré todo lo posible por mantener el nombre de Jamie fuera de los periódicos, pero no puedo prometer nada.

—Sabemos cómo pueden ser los medios —dijo Natalie, curvando su labio superior—. Tuvimos un par de ellos que vinieron aquí después de la muerte de Jamie, queriendo citas y fotografías. Papá los echó.

—¿En qué situación queda su investigación sobre el accidente de Jamie? —preguntó Michael.

—Mi equipo está actualmente en la comisaría revisando las otras declaraciones que se recopilaron en su momento de los amigos de Jamie. Hasta ahora, nos hemos concentrado en la conexión con el ejército, pero ahora es el momento de ampliar nuestra búsqueda.

—¿Hay algo que podamos hacer? —dijo Bridget.

Kay golpeó suavemente el costado de su taza de café y luego encontró la mirada de la mujer. —Solo tenemos dos nombres en el archivo que fueron citados en su momento como amigos cercanos de Jamie. Greg Kendrick y David Mason. ¿Hay alguien más que deberíamos conocer? Parece extraño que solo mantuviera contacto con dos amigos de la escuela después de unirse al ejército.

—Era un chico tímido —dijo Bridget—. Lo intenté lo mejor que pude, de verdad, pero prefería su propia compañía. A pesar de ser gemelos, él y Natalie eran completamente opuestos.

—No estoy al tanto de nadie más —dijo Michael. Se encogió de hombros—. Es como dice Bridget, Jamie era un chico callado.

—Espera. ¿No había una chica con la que salía en el pub cerca del cuartel? —dijo Natalie.

—¿Qué chica? —Bridget se volvió hacia su hija —. Él nunca nos mencionó a ninguna chica.

Kay sacó su libreta y pasó las páginas hasta encontrar sus notas de la reunión con el excomandante de Jamie. —¿Qué tan bien la conocía?

—Ahora que lo pienso, recuerdo que mencionó

haberle comprado unos pendientes de diamantes. — Natalie se desplomó hacia adelante y se sujetó la cabeza con las manos—. Dios mío, ¿los compró con el dinero que ganaba vendiendo drogas?

—No puedo responder eso con seguridad en este momento —dijo Kay—. ¿Sabe su nombre?

Natalie levantó la cabeza. —No lo recuerdo. Solo la mencionó una vez, antes de morir. Pero sí sé el nombre del pub, era The Red Lion en Deepcut.

—Gracias. Investigaré eso.

—¿Qué pasará ahora? —preguntó Michael.

Kay empujó su silla hacia atrás y apuró su café. —Ahora voy de vuelta a la sala de incidentes. Planeamos hablar con los amigos de Jamie a principios de la próxima semana, y tan pronto como tenga más noticias para ustedes, me pondré en contacto.

Bridget la acompañó hasta la puerta principal y se quedó en el escalón, abrazando su grueso cárdigan de lana sobre el pecho. —Mi hijo era un buen chico, detective.

Kay abrió la boca para responder, pero la mujer negó con la cabeza y cerró la puerta.

—Maldita sea.

Kay se dirigió pisando fuerte hacia su coche, maldiciendo entre dientes.

CAPÍTULO 31

El lunes siguiente, Kay decidió llevar a Gavin con ella para entrevistar a David Mason, dado que Carys y Barnes tenían que pasar la mañana trabajando en sus casos existentes en lugar de la investigación de una década de antigüedad que ella estaba dirigiendo.

Debbie había llamado por teléfono a Mason la tarde anterior, concertando que Kay hablara con él durante su pausa para el almuerzo.

De camino a Canterbury, Gavin había convencido a Kay de parar en una gasolinera para que pudiera comprar comida.

Ella se había quedado mirando por la ventana, observando los vehículos de otros conductores mientras pasaban a toda velocidad bajo la lluvia torrencial sin tener en cuenta su seguridad ni la de los demás. En un momento dado, se le había subido el corazón a la garganta cuando un coche casi había patinado sobre el asfalto.

Cuando Gavin había vuelto al vehículo, ella se había reído al verlo intentar abrir la puerta y equilibrar sus compras al mismo tiempo, maldiciendo el agua que le corría por el cuello.

Mientras arrancaba, él había desenvuelto el primero de tres sándwiches, devorándolo con facilidad.

—Cualquiera diría que te estás muriendo de hambre.

—Es que lo estoy. Si no me como esto, lo único que vas a oír durante nuestra entrevista con David Mason es el rugido de mi estómago.

—Juro que tienes las piernas huecas.

Él se encogió de hombros mientras desenvolvía el segundo sándwich.

—He estado entrenando mucho, preparándome para el verano. Mis amigos y yo estamos ahorrando para ir a hacer kitesurf a Ciudad del Cabo. Si no mantengo mis calorías, no podré aumentar mi fuerza.

Terminó el último de los sándwiches, se limpió los dedos con una servilleta de papel y metió la basura en una bolsa de plástico a sus pies antes de sacar un documento impreso que Debbie le había entregado al salir.

Kay echó un vistazo. —Entonces, ¿qué sabemos sobre el señor Mason?

Gavin alzó la voz para que pudiera oírle por encima del ruido de la lluvia golpeando el techo del coche. —Ha estado trabajando en la tienda de artículos de papelería durante los últimos cuatro años, es el gerente allí. Antes de eso, era vendedor de fotocopiadoras y viajaba por todo el sureste. Vive en Canterbury, está casado y tiene dos hijos, aparentemente los niños ahora son adolescentes; un chico y una chica. La esposa trabaja en una empresa de biotecnología como asistente personal de uno de los gerentes generales.

—Todo suena normal, entonces.

—Sí, su nombre no apareció en la base de datos por nada, ni siquiera por una infracción de tráfico.

Kay redujo la velocidad del vehículo al acercarse al cruce de la tienda, y se felicitó en silencio al encontrar un espacio de estacionamiento justo frente a la puerta principal.

Gavin la siguió a través de las puertas dobles de cristal que se abrieron automáticamente al acercarse, y soltó un silbido bajo.

—Debbie llamaría a esto el paraíso.

Kay se rio, pero tuvo que estar de acuerdo con él: la oficial de policía uniformada que les ayudaba en muchos de sus casos tenía fama de guardar el armario de la papelería como si fuera el Depósito de Lingotes de los Estados Unidos en Fort Knox.

Una vendedora se les acercó con una sonrisa en el rostro. —¿Puedo ayudarles?

—Buenos días —dijo Kay—. Tenemos una cita para ver a David Mason a las once en punto.

—Ah, sí. Dijo que estaba esperando a alguien. Vengan conmigo, tenemos una oficina en la parte de atrás y creo que dijo que estaría allí.

Kay y Gavin siguieron a la adolescente a lo largo de la tienda hasta que se detuvo frente a una puerta de madera maciza, se quitó un cordón del cuello y pasó su tarjeta de seguridad por el candado.

Un suave *clic* llegó a los oídos de Kay, y la chica empujó la puerta antes de señalar a su derecha.

—Aquí tienen. David está ahí dentro.

—Gracias.

David Mason se levantó de la silla que había estado ocupando y les tendió la mano cuando entraron. —Gracias por ser puntuales. Tengo una conferencia telefónica con la oficina central en una hora.

—Está bien —dijo Kay—. Esperemos que esto no tome mucho tiempo.

Mason se movió hacia el otro lado de la habitación, donde había una pequeña máquina de café sobre un armario de pino, y señaló hacia ella.

—¿Algo caliente para beber?

—Sería genial, gracias.

Mason preparó café para ellos, y luego Gavin sacó su libreta mientras el gerente de la tienda volvía a tomar asiento y empujaba las tazas de café a través del escritorio hacia ellos.

—La mujer que llamó dijo que querían hablar conmigo sobre Jamie Ingram.

—Brevemente, se nos ha pedido que reabramos la investigación sobre el accidente de motocicleta de Jamie hace diez años —dijo Kay—. No puedo entrar en detalles, pero me gustaría saber un poco sobre su relación con Jamie. Tengo entendido que se conocían desde que estaban en la escuela, ¿no es así?

Mason se tiró del lóbulo de la oreja y se inclinó hacia adelante en su asiento. —En realidad, no pasábamos mucho tiempo juntos en la escuela. Ambos estábamos en los Scouts. Cuando los dos lo dejamos a los dieciséis, mantuvimos el contacto hasta que Jamie se unió al ejército.

—¿Tuvo mucho contacto con Jamie una vez que se unió?

—No mucho. Lo veía tal vez una vez al año, generalmente alrededor de uno de nuestros cumpleaños. Cogimos la costumbre de reunirnos para tomar una copa tranquilamente. Es extraño, realmente no teníamos mucho en común, y no sé si aún estaríamos en contacto hoy si estuviera vivo.

—¿Cuándo fue la última vez que habló con Jamie?

—La última vez que volvió de su despliegue. Gracias a Dios, después de lo que pasó, me alegro de haberlo visto esa última vez.

Kay hojeó sus propias notas y revisó la línea de tiempo. —¿Cuántos días antes de la muerte de Jamie lo vio?

—Si mal no recuerdo, fue unos seis días antes. No me enteré del accidente hasta un par de días después. Creo que a Michael y Bridget les llevó tiempo superar el shock antes de empezar a contactar a los amigos de Jamie. Comprensible, realmente.

—¿Jamie parecía preocupado por algo cuando lo vio?

Su frente se arrugó. —Sí, de hecho, lo hizo. Hicimos lo de siempre: nos encontramos para tomar un par de copas en un pub aquí en Canterbury cerca de la catedral, y durante todo el tiempo estuvo revisando su móvil como si esperara una llamada o un mensaje de texto. Recuerdo que bromeé diciendo que no debería haberme molestado en reunirme con él, ya que realmente no se estaba concentrando en la conversación. Después de eso, guardó el móvil, pero parecía nervioso al respecto. Cuando le pregunté sobre ello, no quiso decirme qué estaba pasando. Supuse que tenía algo que ver con el ejército. Ya sabe, quizás se estaban preparando para redesplegarse en algún lugar y no podía decirme dónde.

—¿Ha mantenido el contacto con la familia de Jamie desde entonces?

Negó con la cabeza. —No, realmente no era cercano a ellos. Como dije, solo conocía a Jamie porque ambos habíamos estado en los Boy Scouts juntos, y se sentía como si nos estuviéramos distanciando como amigos cuando lo vi por última vez.

Kay se puso de pie y le hizo una señal a Gavin.

—Gracias, señor Mason. No le quitaremos más tiempo.

CAPÍTULO 32

A Kay y Carys las habían conducido a una sala de reuniones al llegar al depósito de distribución de cemento al norte de Maidstone.

Había dejado a Gavin en la sala de incidentes para que transcribiera sus notas tras la reunión con David Mason, y había sonreído cuando él sacó un paquete grande de barritas de muesli del cajón de su escritorio mientras ella se marchaba con Carys.

Greg Kendrick le había explicado a Carys cuando ella lo llamó durante el fin de semana que trabajaba como conductor de reparto, a menudo empezando antes de las seis de la mañana y regresando al depósito a media tarde.

La sala de reuniones constaba de una mesa redonda y cuatro sillas, con una ventana que daba a la explanada de hormigón de la planta de distribución, donde pasaba un flujo constante de camiones de cemento.

La joven que trabajaba en recepción les había preparado agua, y cuando Kay apuró las últimas gotas de su vaso, la puerta de la sala se abrió y un hombre asomó la cabeza.

Llevaba un chaleco reflectante, gafas y una expresión agobiada.

Cerró la puerta tras de sí. —Disculpen la espera. Esperaba terminar temprano hoy porque sabía que estaban esperando para hablar conmigo, pero tuvimos que hacer una entrega urgente de última hora en Aylesford. Soy Greg Kendrick.

Kay le estrechó la mano y lo presentó a Carys antes de que él tomara asiento frente a ellas y entrelazara las manos sobre el escritorio.

—¿Entiendo que quieren hablar conmigo sobre Jamie Ingram?

—Sí —dijo Kay—. Sé que habló con mis colegas sobre Jamie en el momento de su muerte hace diez años, pero como Carys le dijo por teléfono, hemos reabierto la investigación sobre el accidente de motocicleta, y quería hablar con sus amigos de aquella época.

—Por supuesto. ¿Qué necesitan saber?

—¿Puede confirmar cuánto tiempo conoció a Jamie?

—Desde la escuela. Ambos fuimos a Swadelands en Lenham. Ninguno de los dos se molestó en quedarse para hacer los A Levels: Jamie se unió al ejército poco después, y yo he tenido varios trabajos de obrero a lo largo de los años, antes de empezar aquí hace cuatro años.

—¿Socializaban mucho mientras él estaba en el ejército?

—Sí, de vez en cuando, cuando estaba de permiso. Probablemente ya lo sepan, pero pasaba gran parte de su permiso en la granja, especialmente cuando empezó a ser desplegado en Afganistán durante meses. Creo que echaba de menos el verdor y el campo. Conocía bastante bien a sus padres desde que estábamos en la escuela, así que solía ir en coche a verlo allí, o nos encontrábamos para tomarnos unas cervezas en Maidstone.

—¿Puedo preguntarle si tenía novia o esposa en ese momento? ¿Socializaban juntos con Jamie?

—Estaba comprometido en el momento de la muerte de Jamie. No lo había visto durante unos meses; nunca conoció a mi esposa. —Se encogió de hombros—. En fin, eso no funcionó: nos divorciamos tres años después.

—¿Sabía si Jamie estaba saliendo con alguien en ese momento?

Kendrick se reclinó en su silla y se frotó la barbilla. —Sí. Lo vi nueve días antes de que muriera, y esa fue la última vez que lo vi. No pudo venir a Kent; dijo que tenía algo que lo obligaba a quedarse cerca del cuartel durante un par de días más, no sé qué. En fin, fui en coche a Surrey para el fin de semana y salimos a tomar algo. Fuimos al pub local, el Red Lion, creo que se llamaba. Había una camarera allí que Jamie me presentó, y era bastante obvio que estaba loco por ella. Unos cuantos terminamos quedándonos después del cierre el viernes por la noche, y no podían quitarse las manos de encima. El dueño del lugar nos dejó dormir en el piso de arriba esa noche, y tuvimos un gran desayuno grasiento por la mañana. Ella no se había quedado a dormir, algo relacionado con tener que ponerse al día con su familia en algún momento de ese fin de semana, y llegó más tarde para su turno, pero Jamie dijo durante el desayuno que iba a pedirle que se casara con él.

El corazón de Kay dio un vuelco. —¿Sus padres sabían de eso?

Kendrick negó con la cabeza. —No lo sé. Jamie todavía estaba armándose de valor para pedírselo, así que tal vez no se los dijo, por si ella decía que no.

—¿Sabe su nombre?

Su frente se arrugó por un momento, y luego sus ojos se iluminaron. —Sí, ahora lo recuerdo: Amber Fitzroy.

—¿Se lo pidió mientras usted estuvo allí ese fin de semana?

—No, eso es lo raro. El domingo por la tarde, mientras estaba empacando mi coche para irme, escuché voces fuertes en la cocina. Había estacionado el coche afuera de la puerta trasera del pub, para mantener despejado el estacionamiento principal para los clientes. Jamie y Amber estaban teniendo una discusión tremenda.

—¿Sobre qué?

—No lo sé, pero cuando entré por la puerta de la cocina, Amber se arrancó unos pendientes de diamantes y se los arrojó. Salió furiosa de la cocina después de eso, y Jamie trató de restarle importancia antes de acompañarme de vuelta a mi coche. Era como si no pudiera esperar para deshacerse de mí. Nunca llegué a saber de qué se trataba todo eso.

—¿Habló con ella en algún momento después de la muerte de Jamie?

—No. Ni siquiera se presentó en su funeral, lo que me pareció extraño. —Se encogió de hombros—. Nunca volví a Deepcut después de eso; Jamie era la única persona que conocía que vivía en la zona, o al menos en el cuartel.

—¿Cómo describiría su estado de ánimo la última vez que lo vio? ¿Parecía preocupado por algo?

—No. Si acaso, parecía un poco engreído: siempre fue bastante despreocupado, pero esa última vez parecía estar esforzándose por presumir. La mayoría de las veces estaba contento charlando sobre los viejos tiempos y tomándoles el pelo a los demás, pero una vez que consiguió ese dinero, cambió. Es como lo de regalarle esos pendientes a Amber: no tenía que hacer eso. Ella había dicho esa última noche de viernes, mientras todos estábamos borrachos, que habría sido feliz con salir a cenar. ¿Esos pendientes? Exagerado, si me pregunta.

Kay intercambió una mirada con Carys y luego volvió a dirigirse a Kendrick. —¿Qué quiere decir con "consiguió ese dinero"? ¿Qué dinero?

—Cuando le pregunté cómo podía permitirse los pendientes, dijo que una tía suya había muerto y le había dejado algo de dinero. —Se encogió de hombros—. Supongo que tenía una tía rica. Aunque nunca la había mencionado antes de eso.

Kay cerró su libreta y le hizo una señal a Carys de que habían terminado. —Bueno, gracias por su tiempo. No lo retendremos más.

Él se levantó de su asiento y luego les abrió la puerta. Cuando Kay se puso a su altura, él levantó la mano.

—No me dijeron por qué habían reabierto la investigación sobre el accidente de motocicleta de Jamie.

Ella esbozó una pequeña sonrisa. —Rutina, eso es todo. Gracias de nuevo.

Kay esperó hasta que ella y Carys llegaron al coche antes de volverse hacia la detective más joven, que llevaba la misma expresión perpleja que Kay esperaba tener ella misma.

—Así que Jamie le mintió a uno de sus amigos más antiguos, usando la misma excusa que Carl Ashton inicialmente les dio a ti y a Barnes para explicar su repentina ganancia financiera —dijo Carys.

Kay abrió la puerta del coche, arrojó su bolso al hueco de los pies y se acomodó para el viaje de regreso a la sala de incidentes.

—Te hace preguntarte sobre qué más habrá mentido... y por qué.

+++CAPÍTULO 33+++

Kay giraba su silla de un lado a otro mientras esperaba que respondieran a su llamada.

Después de cuatro timbrazos, y cuando estaba a punto de rendirse, una voz masculina áspera ladró un saludo.

—¿Señor Walsh?

—Sí. Soy yo. ¿Quién es?

—Inspectora Hunter de la Policía de Kent. ¿Es usted el actual titular de la licencia del pub The Red Lion en Deepcut?

—Lo soy. ¿Qué quiere?

—Actualmente estamos en proceso de revisar un caso sin resolver de hace diez años. La muerte en motocicleta de un soldado raso que estaba destinado en el cuartel que solía estar allí. Entiendo, por lo que me han dicho su exoficial al mando y su hermana, que solía beber en The Red Lion.

El hombre resopló. —Es posible que lo hiciera, pero eso fue antes de mi época. Solo llevo aquí dos años, y estoy a punto de poner el local en venta.

—¿No sabrá quién dirigía el lugar hace diez años?

—Sí, ese habría sido Trent Oldham. Está jubilado ahora; el Lion fue su último pub. Todavía vive en el pueblo.

—¿Tiene un número de contacto?

—No. Está en la guía telefónica. Puede buscarlo. Si eso es todo, tengo que irme.

Colgó sin esperar una respuesta, y Kay miró su teléfono con incredulidad.

—Veo que tu encanto funciona tan bien como siempre —dijo Barnes, sonriendo.

—Muy gracioso. Mira si puedes encontrar un número para Trent Oldham.

Esperó mientras Barnes tecleaba en su computadora, con el ceño fruncido mientras leía los resultados de la búsqueda.

—¿Cómo te fue con Kendrick? —dijo Gavin, acercándose a su escritorio.

—Mejor que con Mason; nos ha dado el nombre de la camarera a la que Jamie le regaló esos pendientes de diamantes.

—Aquí tienes —dijo Barnes. Le entregó a Kay una nota adhesiva con un número de teléfono garabateado, y ella arrugó la nariz.

—Dios, ya veo por qué Debbie se queja de tu letra. ¿Por qué le das tus notas para que las escriba, de todos modos?

—Ella es más rápida que yo.

Kay agitó la nota adhesiva en su dirección. —Clases de mecanografía para ti, agente. Lo antes posible. Sin contar el hecho de que tenemos que arrastrarte a patadas y gritos al siglo XXI, Debbie tiene cosas mejores que hacer que ser tu secretaria.

Gavin se rio y volvió a su escritorio mientras Barnes hacía un puchero.

Marcó el número en la nota y maldijo por lo bajo cuando saltó el buzón de voz.

Sabía que se estaba impacientando, pero necesitaba resultados, y rápido. No podía decepcionar a Sharp ni a Larch.

No ahora.

Dejó un mensaje, luego deslizó su teléfono por el escritorio, resignada a tener que esperar a que el expropietario le devolviera la llamada, y en su lugar comenzó a revisar el papeleo en sus bandejas.

—Qué raro.

Kay levantó la vista de un informe de acusación

que Gavin había preparado al oír la voz de Carys, y notó una expresión perpleja en el rostro de la agente.

—¿Qué pasa?

—Cuando Harrison entrevistó a los Ingram hace diez años, nunca habló con Giles Stockton. No puedo encontrar su nombre en ninguna parte de las entradas de la antigua base de datos.

—Natalie nos dijo que no conoció a Giles hasta hace ocho años.

—Sí, pero él y Jamie se conocían.

Kay empujó su silla hacia atrás, el movimiento la hizo deslizarse por la alfombra gastada hasta chocar con un archivador.

Ignoró el ruido y se apresuró a acercarse a donde Carys miraba fijamente la pantalla de su computadora.

—¿Qué tienes?

—Estaba haciendo una búsqueda rutinaria de los antecedentes de Giles y me encontré con esta fotografía. Fue tomada en un evento benéfico en Hop Farm cerca de Paddock Wood. Recaudaron mucho dinero para un hospicio infantil local, mira.

Kay se inclinó sobre el hombro de Carys y miró fijamente la foto en la pantalla.

En ella, un sonriente Giles Stockton tenía un brazo sobre el hombro de Jamie Ingram, con una enorme sonrisa en su rostro y una copa de champán en la mano.

Ambos hombres vestían esmoquin y parecían cómodos con la vestimenta formal y en compañía del otro.

—Natalie nunca mencionó que su marido conociera a Jamie en el momento de su muerte —dijo Kay, con su interés despertado—. ¿Cuándo se tomó esta foto?

Carys cerró el archivo de la foto, volviendo a un informe de noticias archivado. —Aquí tienes. Seis meses antes de que Jamie muriera.

—Y seis meses antes de que se encontraran las drogas en el tanque de combustible del Jackal.

Kay se enderezó, aliviando un calambre en su espalda, y miró por la ventana hacia el estacionamiento más allá.

Los cielos grises comenzaban a oscurecerse, y una llovizna ligera salpicaba el cristal.

—¿En qué estás pensando, jefa?

—Estoy pensando que necesitamos hablar con Giles Stockton.

CAPÍTULO 34

Recordando que el marido de Natalie viajaba diariamente a la ciudad, y ansiosa por hablar con Giles Stockton lo antes posible, Kay decidió conducir hasta la estación de Yalding e interceptarlo en su viaje de regreso a casa.

En el fondo de su mente estaba la advertencia de Michael Ingram de que el dolor de su hija había sido perjudicial para su salud, y Kay no deseaba entrevistar a Giles delante de Natalie tan poco después de su propia conversación sobre su hermano gemelo.

Carys la había acompañado y ahora miraba por la ventana del pasajero hacia la entrada de la pequeña estación rural.

A medida que el día llegaba a su fin, la

temperatura había caído en picada, así que Kay dejó el motor en marcha y la calefacción encendida.

Al oeste del pueblo y fuera de la carretera principal, la estación servía a los viajeros que se dirigían a Londres vía Tonbridge. Con solo dos andenes, era fácil para Kay y Carys observar la llegada de los trenes entrantes, y ya habían encontrado el vehículo de alta gama de Stockton estacionado bajo una farola a pocos metros de la entrada de la estación.

Todo lo que tenían que hacer era esperar.

Carys había llamado al banco donde trabajaba el economista hace hora y media, con el pretexto de querer concertar una reunión con él allí.

La llamada había sido corta, y cuando la terminó, negándose a dejar un mensaje con la recepcionista, se volvió hacia Kay con una mirada de triunfo.

—Se fue hace quince minutos. Está en camino.

Ahora, los faros de un tren que se acercaba iluminaron la vía más allá de su posición y Kay sacó de mala gana las llaves del contacto y abrió su puerta.

Un viento helado azotó su abrigo mientras se lo abotonaba, y las dos mujeres se apresuraron a cruzar el estacionamiento hacia la barrera de los billetes.

—Te hace preguntarte por qué no conduce hasta Tonbridge y toma el tren desde allí en lugar de tener que hacer transbordo —dijo Carys mientras apoyaba su espalda contra la estructura de ladrillo de la estación en un intento de escapar de la feroz brisa—. Sería más rápido.

—¿Has visto el tráfico por Hadlow y East Peckham últimamente? —dijo Kay—. No, creo que tiene la idea correcta.

El tren se detuvo suavemente a pocos metros de su posición, y se hicieron a un lado para dejar que un pequeño grupo de pasajeros saliera por las puertas.

Kay estiró el cuello y vio la alta figura de Giles Stockton apresurándose hacia la barrera, con su tarjeta de viaje lista.

Una expresión de sorpresa cruzó sus facciones cuando Kay se le acercó, con su placa abierta.

—¿Detective Hunter? ¿Qué hace usted aquí? ¿Está todo bien con Natalie y los niños?

Pasó su tarjeta, luego la metió en el bolsillo de su abrigo y sacó un juego de llaves.

—Todo está bien con su familia —dijo Kay—. Me preguntaba si podríamos hablar con usted antes de que se dirija a casa.

—Emboscarme, ¿eh? —Consultó su reloj—. Bueno, logré tomar un tren más temprano, así que Nat no me esperará por otros cuarenta minutos. ¿Puedo sugerir que vayamos a The George? No soy muy conocido allí, así que será razonablemente privado, y nos sacará de este maldito clima.

—Lo seguiremos. Guíe el camino.

Kay no estaba familiarizada con el pub que Stockton había sugerido, aunque había pasado por él en varias ocasiones.

A la luz de las farolas, divisó el letrero que presumía de jardines junto al río, y se hizo una nota mental para quizás explorarlo más a fondo con Adam cuando el verano comenzara a aventurarse de nuevo en el campo.

Mientras ella y Carys seguían a Stockton al interior del edificio, admiró la mampostería expuesta de las paredes interiores que contrastaban con un techo bajo pintado y un suelo de baldosas.

Emanaba un calor del fuego que ardía en una rejilla metálica rodeada por una chimenea de ladrillo a su izquierda, y al ver un menú exhibido sobre la repisa, Kay trató de ignorar los retortijones de hambre que le roían el estómago.

Diez minutos después, Carys regresó a la pequeña mesa que Kay había acaparado en la parte trasera del pub, y le pasó a Stockton media pinta de cerveza antes de colocar dos vasos de zumo de naranja en la mesa y tomar asiento junto a Kay.

Kay le agradeció, esperó hasta que abriera su cuaderno, y luego dirigió su atención a Stockton.

—Natalie no mencionó que usted conocía a Jamie Ingram antes de casarse con ella.

Stockton bajó su vaso. —¿No lo hizo?

Kay metió la mano en su bolso y sacó una copia de la fotografía que Carys había encontrado antes de deslizarla por la mesa hacia Stockton. —Hábleme de esto. ¿Conocía a Jamie antes de este evento?

Tomó la imagen antes de levantarla hacia la luz. —Dios, esa fue una noche memorable. Juro que mi resaca duró tres días. En respuesta a su pregunta, sí, pero solo de pasada.

—¿Natalie fue al evento de recaudación de fondos con usted?

—No, fue mucho antes de que la conociera y, de todos modos, no se le habría permitido ir. Era solo para caballeros, ¿sabe? Se puso un poco alborotado en un momento dado, si entiende a lo que me refiero.

—La verdad es que no. Elabore, por favor.

—Bueno, un par de los tipos allí jugaban para el club de rugby local. Contrataron a una comediante. Bastante escandalosa, era. —Se sonrojó—. Nunca le conté a Natalie sobre eso cuando la conocí. No lo habría aprobado.

—¿Mantuvo el contacto con Jamie Ingram después del evento?

—No puedo recordarlo, lo siento. Por supuesto, todo fue hace tanto tiempo. Uno olvida.

—¿Conoció a Natalie antes o después de la muerte de su hermano?

—Después. La pobre chica estaba traumatizada.

—¿Cómo la conoció?

Sonrió. —Me tropecé con ella en una fiesta de verano en casa de un conocido mutuo al otro lado de Wateringbury. Jardines fabulosos. Nos presentó la anfitriona, y no dejamos de hablar entre nosotros toda la noche. Fue bastante encantador.

—¿Le dijo que conocía a su hermano?

—Debe habérseme olvidado. —Hizo un pequeño encogimiento de hombros, luego levantó su vaso y bebió un tercio de la cerveza.

—¿Alguna vez ha consumido drogas, señor Stockton?

—¿Cómo dice?

Kay permaneció en silencio, esperando.

Golpeó su vaso contra la mesa y se puso de pie, mirándola con furia. —¡Cómo se atreve!

—No ha respondido a la pregunta, señor Stockton.

Se inclinó, recogió su abrigo sobre el brazo y la señaló con un dedo. —Ni pienso hacerlo. Se está excediendo. La próxima vez que quiera hablar conmigo, detective, será en presencia de mi abogado.

Agarró su maletín del suelo y giró sobre sus talones.

Kay dio un sorbo a su zumo de naranja y observó cómo abría bruscamente la puerta del pub y salía a la noche sin mirar atrás.

—¿Qué quieres que haga ahora, jefa? —dijo Carys.

—Averigua todo lo que puedas sobre Giles Stockton. Estados financieros, registros de empleo, todo. Ponlo patas arriba.

CAPÍTULO 35

Kay cruzó el umbral de su casa, cerró la puerta y se apoyó contra ella, exhausta.

Su mente era un revoltijo después de hablar con los amigos de Jamie y Giles Stockton a lo largo del día.

Había esperado que las conversaciones le dieran el avance que tan desesperadamente necesitaba. En cambio, todo lo que había logrado era descubrir que Jamie, efectivamente, había estado asustado de alguien (probablemente el comprador o compradores de las drogas que había estado suministrando), pero murió antes de tener la oportunidad de hablar con alguien al respecto.

Ahora, apoyaba plenamente la teoría de Sharp de

que la muerte de Jamie había sido cualquier cosa menos un accidente.

Alguien lo había matado para asegurar su silencio sobre la operación de drogas que había resultado ser tan lucrativa.

—¿Vas a quedarte ahí parada toda la noche?

Adam se asomó por la puerta de la cocina, con una botella de cerveza en la mano y una amplia sonrisa en el rostro.

—Estoy demasiado cansada para moverme, así que sí, podría.

—En algún momento tendrás que apartarte. Comida para llevar otra vez, me temo. Yo mismo llegué hace solo veinte minutos, así que esta noche toca chino. El repartidor llegará en un rato.

Kay se apartó de la puerta.

—En ese caso, voy a cambiarme y luego me desplomaré.

Su risa resonó en sus oídos mientras subía las escaleras.

Mientras se cambiaba el traje por unos vaqueros y una vieja sudadera desgastada, reflexionó sobre las entrevistas.

Parecía que a medida que Jamie se adentraba más en la operación de contrabando de drogas, había dejado que sus amistades se desvanecieran, y ella creía que tanto David Mason como Greg Kendrick no tenían idea de que el hombre estuviera llevando a cabo actividades ilegales.

Sus pensamientos volvieron a la conversación que ella y Carys habían tenido con Giles Stockton.

El hombre parecía genuinamente indignado cuando ella había mencionado las drogas, pero se preguntaba por qué nunca le había hablado a su esposa sobre conocer a su hermano antes de su muerte. Le preocupaba que, aunque admitió que Natalie había quedado devastada por el fallecimiento de Jamie, nunca hubiera pensado en decírselo.

—¡Oye! Más te vale no estar trabajando en esa oficina tuya allá arriba.

Sonrió al oír la voz de Adam que subía por las escaleras, y salió de la habitación cruzando el descansillo.

—Créelo o no, no estaba bromeando cuando dije que estaba demasiado cansada para hacer cualquier otra cosa esta noche —dijo. Cuando llegó al pie de las escaleras, rodeó a Adam con el brazo y lo guio hacia la cocina—. Dame vino. Ahora.

Él la empujó suavemente hacia los taburetes dispuestos alrededor de la encimera de la cocina, luego abrió el refrigerador y sacó una botella de Sauvignon Blanc, sirviendo una generosa cantidad en una copa para ella.

—¿Me atrevo a preguntar cómo fue tu día?

Ella dio un gran sorbo antes de dejar su copa sobre la encimera, luego metió la mano en el bolsillo de sus vaqueros, sacó una goma elástica que siempre llevaba a mano y se ató el pelo en una coleta.

—Frustrante. He hablado con tres personas hoy: dos de ellas intentaron ser útiles, pero no pudieron arrojar luz sobre por qué un viejo amigo suyo se comportaba de manera extraña antes de su muerte, y el otro ha planteado más preguntas que podrían llevar esta investigación por otro camino. Y, si tengo razón sobre él, las cosas podrían ponerse feas.

Adam frunció el ceño, y ella decidió cambiar de tema; no tenía sentido preocuparlo por el estado de su investigación.

—¿Y tú? ¿Qué has estado haciendo?

Su rostro se tornó serio.

—Hablé con los padres de acogida de Rufus hoy. Regresaron de Gales anoche, así que te puedes imaginar cómo fue eso.

Kay se inclinó sobre la encimera y envolvió sus dedos alrededor de los de él.

Él le apretó la mano.

—En fin, aparte de eso fue un día tranquilo. Pude conseguir algo de tiempo para mí y trabajar en ese artículo para la revista que he estado intentando escribir durante las últimas tres semanas. La fecha límite es en dos días, pero con suerte conseguiré algo de exposición para la clínica cuando se publique.

Se pasó una mano por el cabello negro y rizado, con sus ojos oscuros brillando.

—Y, para mejores noticias, me reuní con el contador esta tarde, y estamos mostrando un aumento del veinte por ciento en los ingresos del negocio respecto al año pasado.

Kay levantó su copa y la chocó contra su botella de cerveza.

—Eso es genial. Has trabajado muy duro para lograrlo, felicidades.

—Gracias. Me sorprendió en realidad, considerando que hemos contratado a un veterinario adicional. Aunque los gastos generales han bajado, y todo parece estar funcionando bien.

Se estiró, su camiseta de manga larga subiéndose por el estómago, y luego bostezó antes de alejarse de la encimera y deslizar la botella de cerveza vacía en el contenedor de reciclaje antes de servirse una copa de vino y volver hacia ella.

Su mano se movió hacia la parte posterior de su

cuello mientras cerraba los ojos por un momento, y Kay sintió un enorme sentimiento de orgullo por el hombre con quien compartía su vida.

Los últimos dos años no habían sido fáciles para ninguno de los dos, y sin embargo se habían mantenido unidos, sin rendirse nunca y determinados a tener éxito.

Adam abrió los ojos ante sonido del timbre; al mismo tiempo, el estómago de Kay rugió.

Su boca se torció.

—Ni siquiera voy a preguntar si te acordaste de comer hoy. Cuanto antes vuelva Sharp, mejor; los otros son inútiles para regañarte.

Kay fingió lanzarle un puñetazo, pero él se movió demasiado rápido y se dirigió al pasillo, riendo.

Ella podía oír su voz en la puerta, hablando con el hombre que entregaba su comida mientras sacaba cubiertos y platos de los armarios, colocándolos sobre la encimera cuando Adam reapareció.

Comieron en silencio por un rato, compartiendo la comida de los recipientes y disfrutando de la compañía del otro.

Finalmente, Adam apartó su plato vacío y suspiró.

—Necesitaba eso. Entonces, ¿qué harás a continuación con tu investigación?

Kay dejó su cuchillo y tenedor, y apoyó la barbilla en su mano.

—No hay más remedio. Vamos a tener que revisar todo lo que hemos hecho hasta ahora. Alguien, en algún lugar, no nos está diciendo la verdad. Empezando por el marido de Natalie Stockton.

CAPÍTULO 36

—¿Inspectora?

Kay no registró la voz al principio, aún poco acostumbrada a su nuevo rango, y permaneció concentrada en su trabajo hasta que Barnes tosió y agitó la mano en su dirección.

—Te está hablando a ti, Hunter.

Kay apartó la mirada de la pantalla de su ordenador para ver al sargento Hughes de pie en la puerta de la sala de incidentes, con una expresión esperanzada en el rostro.

—¿Qué pasa?

—Hay una mujer en recepción que dice que querías hablar con ella sobre Jamie Ingram.

—¿Amber Fitzroy? —dijo Barnes.

—Esa misma —confirmó Hughes—. Le dije que bajarías enseguida, si te parece bien.

—Perfecto. ¿Hay alguna sala de interrogatorios libre? —Cogió su teléfono móvil y su libreta, y luego se abrió paso entre los escritorios, dando un golpecito en el hombro a Barnes al pasar junto a él.

—Puedes usar la número cuatro —dijo Hughes, y sonrió—. Menos mal que esta semana está tranquila. El frío mantiene a la mayoría de los idiotas en casa en esta época del año.

Aún podía oírle riéndose mientras llegaba al pasillo y bajaba las escaleras apresuradamente, seguida de cerca por Barnes.

Se detuvo en el último escalón y se volvió hacia él.

—Trent Oldham debe de haber transmitido nuestro mensaje. Esperaba hablar con ella primero por teléfono y conducir hasta Surrey.

—Tengo que admitir que está muy interesada si se ha presentado aquí en persona de improviso. ¿Qué opinas?

—Quiero que dirijas tú este interrogatorio. Sé amable. Puede que simplemente ella y Jamie fueran cercanos, pero averigüemos si sabía algo sobre el contrabando de drogas.

Barnes se enderezó la corbata y se abrochó la chaqueta. —De acuerdo. Vamos allá.

Cuando Kay abrió la puerta que daba al área de recepción de la comisaría, Amber Fitzroy estaba paseando frente al mostrador en lugar de esperar en una de las sillas de plástico.

Se giró al oír las voces, y Kay se sorprendió por la expresión ansiosa en el rostro de la mujer.

Después de presentarse ella y Barnes, acompañó a Amber hacia las salas de interrogatorios y esperó mientras se acomodaba en una silla, abriendo su libreta.

Barnes le dio a Amber un breve resumen de su investigación y le agradeció por venir a verlos.

—Nos gustaría hablar con usted sobre el tiempo que estuvo trabajando en el Red Lion Inn en Deepcut —dijo—. ¿Cuándo empezó a trabajar para Trent Oldham?

Su boca se torció. —Cuando tenía dieciséis años y medio. Era alta, y él siempre pagaba en efectivo, así que no le importaba que fuera menor de edad. De todos modos, nunca bebí en el pub hasta mi decimoctavo cumpleaños.

—¿Sigue trabajando allí?

—No. Dejé la zona de Deepcut seis meses después de la muerte de Jamie. Los chismes en el pueblo sobre Jamie se volvieron insoportables, y me mudé al otro extremo del condado. Conocí a mi marido, Mark, en un gimnasio local y nos casamos hace cuatro años. Ahora tenemos un par de hijos: un niño de cuatro años y una niña mayor, de siete.

—¿Conservó su apellido?

—Sí. Me gusta, y a Mark no le importó. Es bastante relajado con ese tipo de cosas.

—Entendemos que usted y Jamie Ingram eran cercanos. ¿Cuánto tiempo hacía que lo conocía?

La mujer se colocó un mechón de pelo castaño oscuro detrás de la oreja y luego se abrazó sobre su abrigo de lana blanco que había declinado quitarse.

Kay no podía culparla: las salas de interrogatorios estaban heladas, y lamentó no haberse puesto una chaqueta más abrigada ese día.

—Unos dieciocho meses —dijo Amber. Una sonrisa triste cruzó sus facciones—. Llevaba trabajando allí unos tres años cuando Jamie apareció por primera vez. No era como los demás. Se notaba que había tenido una buena educación. Algunos de los soldados que solían beber en el pub eran un poco toscos.

—¿Cuánto tiempo fueron novios?

—Empezamos a salir unos tres meses después de que comenzara a frecuentar el local. Como dije, era diferente a muchos de ellos. Le gustaba sentarse solo en un rincón, a veces simplemente soñando despierto.

Una noche me puse a charlar con él, y a partir de ahí surgió todo. Odiaba cuando se iba al extranjero; sé que su trabajo no lo ponía en peligro directo, pero aun así estaba allí fuera. No puedo ni empezar a describir el alivio que sentía cada vez que cruzaba la puerta a su regreso.

—¿Qué tan seria diría que era su relación con Jamie?

Suspiró y descruzó los brazos. —¿Han oído hablar de los pendientes de diamantes?

—Sí, lo hemos oído.

—Me los regaló por mi cumpleaños. No podía creerlo: era obvio que no eran una imitación barata. Para ser honesta, me sentí avergonzada. Su cumpleaños había sido cuatro meses antes, y todo lo que pude permitirme regalarle fueron unos libros y una bonita bufanda de cachemir que había visto en internet. —Sacó un pañuelo de papel del bolsillo de su abrigo y se sonó la nariz—. En fin, una vez que superé la conmoción, me gustó bastante la idea de que me mimaran así. Estaba trabajando esa noche (era viernes) y fue divertido presumirlos ante algunas de las mujeres. Deberían haber visto sus caras.

—¿Cuándo empezaron los problemas? Nos enteramos de que usted y Jamie tuvieron una discusión algún tiempo después de que le regalara los pendientes.

Su labio inferior tembló. —Fue un tiempo después de que me los diera. Él ya había vuelto a Afganistán. No sé por qué, pero pensé que sería mejor hacerlos tasar. Nunca había tenido nada parecido, y mi madre me mencionó que deberíamos considerar incluirlos en el seguro de hogar. Nunca me había llevado una sorpresa tan grande en mi vida. Valían una fortuna. Por supuesto, entonces empecé a preocuparme por cómo se los habría podido permitir. Sabía que no ganaba mucho en el Cuerpo Real de Logística, así que no tenía sentido.

Mientras los ojos de la mujer se llenaban de lágrimas, Kay empujó una caja de pañuelos nueva a través de la mesa hacia ella.

Amber asintió en señal de agradecimiento, se recompuso y luego continuó.

—Lo confronté en el pub una mañana después de que hubiera regresado a Inglaterra. No creí que nadie nos hubiera escuchado; esperé hasta que su amigo saliera a su coche. Me había estado preparando mentalmente para hablar con él, y estaba a punto de regresar a los cuarteles, así que casi se me acababa el tiempo. Me dijo que no debía preocuparme, que había mucho más dinero de donde venía ese. Dijo que la gente dependía de él. Dijo que quería construir una vida juntos, y que eso no iba a suceder con el sueldo del ejército.

Se secó los ojos. —Por supuesto, para entonces todos habían oído el rumor sobre la redada de drogas en los cuarteles. Até cabos y me di cuenta de que probablemente él había estado involucrado, así que se lo pregunté. No lo negó; casi parecía orgulloso de haber sido más listo que todos. Estaba furiosa. Le arrojé los pendientes y le dije que tenía que parar, que tenía que contarle a su oficial al mando lo que sabía sobre la operación de contrabando, pero creo que para entonces ya era demasiado tarde. Parecía aterrorizado. Nunca lo olvidaré. Dijo: "No puedo echarme atrás. Me matarán".

CAPÍTULO 37

Varias horas después, Kay se sujetaba la cabeza con las manos y temblaba mientras la cinta de casete giraba en el aparato.

Ya no había ningún problema con la calefacción; los contratistas finalmente habían arreglado la avería, y la temperatura de la habitación volvía a la normalidad. En cambio, era la voz que emanaba de los altavoces la que le provocaba escalofríos.

El inspector jefe Simon Harrison había sido agente de policía en el momento de la muerte de Jamie Ingram, y mientras avanzaba en la grabación de su entrevista con Glenn Boyd al día siguiente del accidente de motocicleta, la bilis le subía por la garganta al escuchar al hombre que la había utilizado para atrapar a Jozef Demiri, y que casi logra que la mataran en el proceso.

Podía oír el desdén en su voz mientras interrogaba a Boyd sobre las habilidades de conducción de Jamie y le sugería que había estado conduciendo a exceso de velocidad sin la debida atención a las condiciones de la carretera.

Boyd parecía aceptar la sugerencia de Harrison, y Kay maldijo entre dientes las pobres técnicas de entrevista a testigos del detective.

Anteriormente, Amber Fitzroy había esperado en el relativo calor del área de recepción mientras se mecanografiaba su declaración, y Kay le había preguntado si tenía planes de quedarse en la zona un par de días, en caso de que el equipo de investigación tuviera más preguntas.

Amber había accedido de buena gana a que Kay la contactara de nuevo si fuera necesario. —Hice arreglos con Mark para que su madre cuidara a los niños antes de irme porque él no podía pedir tiempo libre en el trabajo. Me estoy quedando en el Hilton de Bearsted por un par de noches. Pensé que podría intentar visitar a Michael y Bridget mientras estoy aquí. —Bajó la mirada—. No puedo creer que hayan pasado diez años. Realmente debería haberme puesto en contacto con ellos antes. El problema es que nunca supe qué decirles después de que Jamie muriera. Él nunca tuvo la oportunidad de presentarme cuando estaba vivo, y me avergonzaba demasiado ir al funeral de Jamie. Quiero pedirles disculpas.

Las palabras de la mujer hicieron que Kay tuviera una idea. —Uno de los amigos de Jamie mencionó que él planeaba pedirle matrimonio.

Una triste sonrisa cruzó los labios de Amber. —Es cierto. Me lo dijo la última vez que discutimos.

—¿Su familia lo sabía?

—No creo que lo supieran, no.

Después de asegurarse de que Amber firmara su declaración e intercambiar números de teléfono móvil con ella, Kay se disculpó y regresó a la sala de incidentes, recogiendo copias de las cintas de la investigación anterior de Harrison y volviendo a la sala de entrevistas con la esperanza de escucharlas sin ser molestada.

Suspiró y arrojó su bolígrafo sobre la mesa cuando terminó la entrevista con Glenn Boyd. Sacó la cinta, la devolvió a su caja de plástico y la alineó junto a las otras.

Después de dos horas, no estaba más cerca de saber sobre el negocio de drogas de Jamie, su comprador o su asesino.

Se balanceó en su silla y se frotó la nuca. Sabía

que debía descansar; sus pensamientos daban vueltas en círculos y necesitaba tomar un descanso. Al mirar su reloj, se sorprendió al ver que ya eran las seis en punto.

Recogiendo el papeleo y la caja de cintas, se dirigió de vuelta a la sala de incidentes y dejó caer los casetes en el escritorio de Debbie.

—¿Tuviste suerte? —dijo la agente de policía, apartando la caja de su camino.

Kay negó con la cabeza. —Pensé que podría haberme perdido algo la primera vez. Me equivoqué.

—Bueno, valía la pena comprobarlo, supongo.

—¿Jefa?

Kay miró por encima del hombro y vio a Carys haciéndole señas para que se acercara.

Sostenía una carpeta manila mientras Kay se aproximaba. —He terminado esas investigaciones sobre Giles Stockton.

—Por favor, dime que encontraste algo.

—He dado en el clavo —dijo Carys, con una amplia sonrisa en su rostro.

Kay se dejó caer en una silla libre mientras tomaba la carpeta. —¿Qué quieres decir?

—Hace poco menos de once años, Stockton fue detenido en un control rutinario de tráfico en la A26 al oeste de Wateringbury.

—¿Conducción bajo los efectos del alcohol?

—No, pero el agente que lo atendió informó que Stockton estaba en un estado agitado y se mostraba evasivo cuando se le interrogaba. Registraron el coche y encontraron algo de cannabis en la guantera.

El corazón de Kay dio un vuelco. —¿Cuánto?

—Suficiente solo para uso personal, pero se esperaba que compareciera ante un magistrado seis semanas después.

—¿"Se esperaba"? ¿Qué pasó?

Carys se inclinó y golpeó con el dedo el último párrafo de las páginas que había impreso. —Los cargos se retiraron dos semanas antes de que tuviera que presentarse ante el tribunal.

—¿Qué? ¿Cómo?

—Alguien intervino y solicitó que se revisara el asunto. Se asignó un nuevo detective al caso, y luego se retiraron los cargos.

Kay entrecerró los ojos. —¿Quién era el oficial investigador?

—Simon Harrison.

# CAPÍTULO 38

—¿Cómo diablos se conocen esos dos? —dijo Kay.

—Estaba pensando en eso, y luego me pregunté si quizás tiene algo que ver con aquel evento en Hop Farm —dijo Carys—. Ese al que sabemos que Stockton asistió con Jamie Ingram.

—¿Crees que fue la primera vez que se conocieron, o ya se conocían de antes?

Carys se encogió de hombros.

—No hay nada más en el sistema.

—De acuerdo —dijo Kay—. Ponte en contacto con Hop Farm. Solicita una copia de todos los asistentes que estuvieron allí esa noche. El lugar lleva años organizando eventos como este, así que espero que guarden todos los registros en su sistema con fines de marketing.

—Lo haré.

Kay se levantó de su asiento y miró su reloj.

—Excelente trabajo, por cierto. Llámalos por la mañana; ahora no habrá nadie allí que pueda ayudarte, y quiero que vuelvas aquí temprano para seguir con tu teoría. Avísame en cuanto tengas algo.

—Gracias, Kay. No hay problema.

Kay regresó a su escritorio y le envió un mensaje a Adam.

Tenía una cosa más que hacer antes de irse a casa, y estaba decidida a avanzar en la investigación.

———

Rebecca Sharp abrió la puerta momentos después de que Kay tocara el timbre y sonrió al ver a la detective.

—Hola, Kay. ¿Devon te está esperando?

Kay se limpió los pies en el felpudo y esperó mientras Rebecca cerraba la puerta.

—No, lo siento, no quería molestarlos. Me preguntaba si podría hablar un momento con él.

—No serviré la cena hasta dentro de cuarenta minutos. Pasa, está en la oficina.

Kay siguió a Rebecca por la casa hasta el comedor de la pareja, que Sharp había transformado en una oficina para él.

Se levantó de su silla con la mano extendida.

—¿Todo bien?

—Me preguntaba si podría hablar contigo.

Rebecca sonrió y se dio la vuelta.

—Os dejo solos.

—Lo siento, Bec. No lo entretendré mucho —dijo Kay.

Sharp esperó hasta que la puerta se cerró detrás de ella, luego le indicó a Kay que tomara la silla libre bajo la ventana.

—Gracias.

—¿Qué ocurre?

Kay respiró hondo antes de continuar.

—¿Sabías que Jamie Ingram y Giles Stockton se conocían?

Frunció el ceño.

—No, no lo sabía. ¿Cómo lo descubriste?

—Carys encontró una fotografía de los dos en un evento en Hop Farm. Una especie de evento benéfico. ¿Sabes si Jamie presentó a Giles a Natalie antes de morir?

—No. Hasta donde yo sabía, Natalie conoció a Giles un par de años después de la muerte de Jamie en una fiesta de un amigo en Wateringbury.

—¿Estás completamente seguro?

—Sí. Estaba encantada con él cuando se

conocieron; insistió en presentárnoslo a Rebecca y a mí al mismo tiempo que a sus padres. Estábamos almorzando juntos en la granja y ella lo trajo como invitado. —Se inclinó hacia adelante y apoyó los codos en las rodillas—. ¿Por qué?

Ella negó con la cabeza.

—No estoy segura en este momento. Todavía lo estamos investigando y aún no lo entiendo todo. ¿Sabías que Simon Harrison había librado a Giles Stockton de cargos por posesión de cannabis unos meses antes de la muerte de Jamie?

La boca de Sharp se tensó.

—Como sabes, yo no estaba en la policía entonces; y no, no lo sabía.

Kay se levantó de su silla, incapaz de quedarse quieta. Apoyándose contra la puerta, paseó la mirada por los reconocimientos y fotografías de la carrera militar de Sharp y su posterior ascenso en las filas de la Policía de Kent.

—El asunto es, Devon, que tengo a tres personas que están todas conectadas: Jamie, Giles Stockton y Simon Harrison. Tengo un proveedor, Jamie, con su colega del ejército Carl Ashton; tengo un posible comprador en Giles, y tengo un detective corrupto que podría haberlos encubierto. Lo que no tengo es un motivo para que Stockton o Harrison mataran a Jamie. ¿Qué podrían haber ganado haciéndolo?

Sharp se enderezó y se aclaró la garganta.

—Tal vez necesites ver esto de otra manera. Quizás no se trate de quién tenía más que ganar, sino de quién tenía más que perder si Jamie desaparecía.

Kay se apartó de la puerta y recogió su bolso.

—Gracias, jefe. Creo que es hora de que interroguemos formalmente a Giles Stockton.

CAPÍTULO 39

Kay entró con ímpetu en la sala de investigación a la mañana siguiente con un renovado enfoque.

Colocó su vaso de café para llevar junto al teléfono de su escritorio y encendió su ordenador antes de quitarse el abrigo y colgarlo en el respaldo de su silla.

El resto del equipo comenzó a llegar a medida que el reloj de la pared se acercaba a las ocho, y una hora después, la sala estaba llena del bullicio de la actividad mientras se avanzaba en diferentes investigaciones.

Carys saltó de detrás de su escritorio momentos después de que su ordenador pitara con el sonido de un correo electrónico entrante y se dirigió hacia Kay; su emoción era palpable.

—El Hop Farm nos envió la lista de invitados para ese evento al que asistió Jamie Ingram —dijo, entregándole a Kay una copia impresa—. Simon Harrison también está en ella.

Kay examinó la lista hasta que vio su nombre. —Eso es genial, bien hecho.

Devolvió la copia impresa y llamó a Debbie desde el otro lado de la sala.

—¿Lograste contactar con Giles Stockton?

—Está programado para una entrevista en unos veinte minutos —dijo la oficial uniformada—. Viene con su abogado.

—Gracias, Debbie.

—¿Cómo quieres abordar esto? —preguntó Carys.

—Con cuidado. Ya nos confirmó que se encontró con Jamie en ese evento, así que necesitamos que quede registrado. Quiero averiguar cómo se conocieron y por qué se retiraron esos cargos contra él. Luego, necesito descubrir cuál es la conexión entre él y Simon Harrison.

El teléfono de su escritorio comenzó a sonar y se inclinó para contestar.

—Bajaremos enseguida. —Colgó el auricular y se volvió hacia Carys—. Stockton y su abogado están aquí. Yo dirigiré, pero hazme una señal si hay algo que quieras preguntarle.

Se dirigieron al área de recepción, registraron a Stockton y se presentaron a su abogado, un hombre que Kay no había conocido antes, pero que inmediatamente le desagradó después de estrecharle la mano y que le apretara los dedos con fuerza.

Miró fijamente la parte trasera de su cabeza mientras Carys los conducía a la sala de interrogatorios, y luego esperó mientras tomaban asiento.

Carys encendió el equipo de grabación antes de que Kay leyera la advertencia formal.

Kay empujó la fotografía de Stockton con Jamie Ingram en el Hop Farm. —Por favor, confirme para el registro que esta imagen lo muestra con Jamie Ingram.

—Eso es correcto.

—¿Cuándo se tomó esta foto?

—Unos seis meses antes de que muriera, en un evento privado de recaudación de fondos.

—¿Cómo conoció a Jamie Ingram?

—En una reunión de la Cámara de Comercio. La mujer que organizaba esta recaudación de fondos se acercó a nosotros, y acordamos asistir. El padre de Jamie no estaba interesado, dijo que no era lo suyo.

Mi padre aún vivía en ese entonces y donó uno de los premios de la rifa. Un día en las carreras, si mal no recuerdo. Todo muy divertido.

—Dice que el padre de Jamie no estaba interesado en asistir. ¿Conocía a Michael Ingram en ese momento?

—No, simplemente estaba parafraseando lo que Jamie me dijo en ese momento.

—¿De qué hablaron usted y Jamie en el evento?

Resopló. —Honestamente, detective, no puedo recordarlo. Fue hace años. ¿Puede usted recordar de qué habló hace diez u once años?

Ella ignoró la pregunta. —¿Socializaba mucho con Jamie?

—No, no lo hacía. Ni siquiera sabía que existía esta fotografía hasta que me la mostró.

—¿Intenta evitar ser fotografiado, señor Stockton?

El abogado se aclaró la garganta. —No veo qué tiene que ver esa pregunta con sus investigaciones actuales.

Kay mantuvo su mirada fija en Stockton, negándose a reaccionar a las protestas del abogado. En su lugar, abrió la carpeta que había traído consigo y deslizó la hoja de cargos original de Stockton sobre la mesa hacia él. Dio un golpecito en la página.

—Fue arrestado por posesión de cannabis antes de que Jamie muriera.

Stockton levantó las manos al aire. —Esto es indignante. Esos cargos fueron retirados antes de llegar siquiera a los tribunales.

—Sí, y me gustaría entender la razón por la que lo fueron.

—No lo sé, tendrá que preguntarle a Harrison.

Kay sonrió mientras el rostro de Stockton palidecía al darse cuenta de su error. Tomó la hoja de cargos de él y la devolvió a la carpeta antes de cerrar la solapa y descansar sus manos sobre ella.

—¿Hace cuánto que conoce a Simon Harrison?

—No sé a qué se refiere. —Los dedos de Stockton jugaban con el nudo de su corbata, el color volviendo a su rostro.

—Dos semanas antes de que tuviera que comparecer ante el tribunal de magistrados de Maidstone enfrentando cargos de posesión de cannabis, Simon Harrison llevó a cabo una revisión del caso que resultó en que esos cargos fueran retirados contra usted. ¿Cuánto le pagó?

El abogado golpeó la mesa con la mano y se inclinó hacia adelante. —Más le vale tener evidencia para respaldar esa acusación, detective.

—Está bien, Andrew. —Stockton volvió su

atención a Kay—. No le pagué a nadie, y no tengo idea de por qué se retiraron los cargos. Lo que sí sé es que estoy realmente agradecido de haber tenido una segunda oportunidad. Cometí un error estúpido y casi me cuesta mi carrera.

—¿Tiene la costumbre de consumir drogas regularmente, señor Stockton?

El abogado se levantó de su asiento y colocó una mano sobre el hombro de su cliente. —No conteste eso. —Se volvió hacia Kay, con una mueca de desprecio en su rostro—. Detective, ¿va a acusar a mi cliente de algo?

Kay negó con la cabeza, pero mantuvo su mirada fija en Stockton. —No. Hemos terminado. Por ahora.

———

—¿Cómo fue, Kay?

Barnes se unió a ella en la ventana de la oficina de Sharp e hizo un gesto con la barbilla hacia las figuras que se alejaban de Giles Stockton y su abogado mientras caminaban hacia sus coches.

—Lo tenemos, Ian. Ahora está registrado que reconoce haber conocido a Jamie Ingram durante unos seis meses antes de que muriera. Luego cometió un desliz y confirmó, antes de que yo se lo preguntara, que Simon Harrison se encargó de retirar los cargos por posesión de cannabis contra él.

—¿En qué situación nos deja eso?

Se mordió el labio mientras el abogado estrechaba la mano de Stockton antes de que este subiera a su vehículo y saliera del aparcamiento de la comisaría.

Stockton permaneció de pie junto a su vehículo, con las manos en los bolsillos, mirando fijamente la puerta trasera del edificio.

—Ahora mismo, creo que está entrando en pánico. No puede hablar con Harrison; lo tienen detenido en una prisión abierta durante los próximos cuatro meses mientras se concluye la investigación sobre el tiroteo de Jozef Demiri.

—De todos modos, llamaré a la prisión y les pediré que nos avisen si Harrison recibe alguna solicitud de visita.

—Buena idea —dijo ella, apartándose de la ventana cuando Stockton finalmente abrió la puerta de su coche y entró—. Necesitamos pruebas de que él era el comprador, Ian. En este momento es demasiado circunstancial; nunca conseguiré que Jude lo acepte si no encontramos algo que demuestre esta hipótesis.

CAPÍTULO 40

Kay reprimió un bostezo y pasó la página de un informe que debería haber leído hacía tres días, y solo porque el autor la había llamado hace una hora buscando su opinión.

No le habría importado, excepto que el tema era denso, y le impedía revisar la carga de casos de su equipo.

Leyó por encima la última página y la arrojó a la bandeja superior de su escritorio con un gemido, y luego imprimió la hoja de comentarios que debía devolver antes del final del día. Una vez que garabateó una nota con sus pensamientos en la página, abrió el cajón de su escritorio, metió la mano dentro y maldijo en voz alta.

—¿Estás bien? —dijo Debbie mientras pasaba por allí.

—El maldito Barnes me ha vuelto a robar la grapadora.

Carys se rio y se acercó con su propia grapadora. —Toma, usa esta.

—Gracias. Juro que voy a ponerle un candado a este cajón. Para ser policía, es bastante ladrón. ¿Organizaste esas clases de mecanografía para él, Debs?

La oficial uniformada sonrió. —Todavía no se lo he dicho. Tiene tres días de entrenamiento intensivo la semana que viene.

—Bien. Eso es a lo que yo llamo karma.

Kay devolvió la grapadora y luego miró en el cajón de su escritorio para encontrar un bolígrafo negro con el que firmar el informe. Su ceño se frunció al ver una tarjeta de visita que yacía boca abajo bajo una perforadora, y la cogió antes de darle la vuelta en su mano.

—Jonathan Aspley. Me había olvidado de ti.

Recordó el principio del invierno cuando ella y el equipo estaban en las últimas fases de su investigación sobre Jozef Demiri. Un periodista local se le había acercado para hablarle de la reputación de

Simon Harrison de poner a sus propios oficiales en peligro.

Su error había sido no prestar atención a su advertencia.

Levantó la vista, pero Carys y Debbie estaban inmersas en una conversación, así que sacó su teléfono móvil y marcó el número de la tarjeta.

Aspley respondió inmediatamente. —Detective Hunter, me alegro de saber que ha vuelto al trabajo. ¿Cómo está?

—Hambrienta, y necesito comida. ¿Interesado?

—¿Dónde?

—Fuera de la ciudad. Donde no nos puedan oír. ¿Conoce The Tickled Trout en West Farleigh?

—Sí.

—El último en llegar paga el almuerzo.

Terminó la llamada, cogió su chaqueta del respaldo de la silla y se colgó el bolso al hombro.

—Si alguien me busca, volveré en un par de horas —le dijo a Debbie mientras pasaba por su escritorio, y se apresuró a salir hacia su coche.

Disfrutó del trayecto hacia el pub rural, uno de sus favoritos.

Mientras giraba para salir de Tonbridge Road en Teston y cruzaba el paso a nivel, miró por la ventana hacia el río que dividía las praderas inundables.

Una barcaza serpenteaba por el curso del agua, y se preguntó a qué se dedicaría su ocupante para poder pasar el tiempo relajándose de esa manera.

Redujo la velocidad al acercarse al estrecho puente de piedra que cruzaba el Medway, complacida al notar que una furgoneta que viajaba en dirección contraria se detuvo para dejarla pasar con un destello de sus faros. Levantó la mano en señal de agradecimiento al conductor y aceleró por el camino.

En cuestión de momentos, la fachada blanca pintada del pub apareció a la vista, con sus chimeneas de ladrillo elevándose sobre un tejado de tejas color rojizo.

Entró en el aparcamiento detrás del pub y notó con satisfacción que había vencido al periodista.

Su coche apareció cuando ella estaba cerrando su puerta, y él se apresuró a unirse a ella, con una sonrisa en su rostro.

—Espero que no haya estado excediendo el límite de velocidad, detective.

—No hay necesidad de ser un mal perdedor, Aspley.

Él sonrió y le abrió la puerta del pub.

Kay se desabotonó la chaqueta mientras el calor del pub comenzaba a aliviar el frío de su cuerpo, y se paró en la barra con el periodista mientras pedían su comida.

Él le entregó su bebida y señaló una mesa junto a la ventana. —¿Vamos?

—Gracias.

—¿Cuándo volvió al trabajo?

Kay dejó su bolso y chaqueta en el asiento de pana a su lado y apoyó los codos en la mesa. —Hace un par de semanas.

—¿Se está adaptando bien?

—Supongo que sí.

—Me enteré de lo de Sharp. Fue un golpe duro, lo siento.

Ella se encogió de hombros. —¿En qué ha estado trabajando?

—En esto y aquello. Ahora estoy trabajando en una nueva historia sobre salarios ilegalmente bajos en la industria de la comida rápida. Los estudiantes y trabajadores extranjeros suelen tener demasiado miedo de hablar por temor a perder sus trabajos, así que es difícil conseguir que alguien me hable sobre ello.

—Su carrera va de fuerza en fuerza desde la última vez que lo vi.

—Sí, bueno, creo que me llevé la mejor parte del trato. Conseguí una historia exclusiva que se difundió a nivel nacional y aceleró mi carrera, y usted casi se ahoga. Tuvo mucha suerte, ¿lo sabe, verdad?

—Lo sé. Felicidades por la historia, también. Hizo un buen trabajo.

—Vaya, gracias. Eso significa mucho viniendo de usted. —Se interrumpió cuando la camarera trajo su comida y empezaron a comer—. Bueno, supongo que no me pidió que nos reuniéramos para hacer charla trivial. ¿De qué quería hablarme?

—Simon Harrison.

—¿Qué pasa con él?

—¿Alguna de sus investigaciones sobre su conducta pasada descubrió alguna evidencia de abuso de sustancias? ¿Alcohol, drogas o algo así?

—¿Qué le hace decir eso?

—No puedo decírselo en este momento, lo siento.

—¿Qué? Le compré el almuerzo…

—Perdió una carrera…

—Si hubiera sabido que tenía motivos ocultos…

—Vamos, Jonathan. Deje de jugar. ¿Qué más tiene sobre Harrison?

Él dejó el cuchillo y el tenedor y en su lugar cogió su vaso, dando un sorbo de cerveza.

Kay resistió el impulso de darle una patada por debajo de la mesa, y en su lugar contuvo la respiración y esperó.

—Muy bien —dijo Aspley. Miró por encima de su hombro y, al ver que la dueña del bar se había movido al otro lado de la barra, se volvió hacia Kay—. Hace unos años, un detective del equipo de Harrison sugirió que el inspector jefe podría tener un problema con las drogas.

—¿Se refiere a una adicción?

—Sí. Pero no había pruebas, y nadie quiso hablar conmigo al respecto. El tipo que me lo mencionó por primera vez fue transferido un par de meses después.

—¿Lo asustaron?

—Creo que fue un castigo. Acabó en Reading.

Kay apartó el resto de su patata asada, cogió su zumo de naranja y dio un sorbo. —Una adicción a la cocaína podría explicar en parte su actitud temeraria hacia las investigaciones.

—¿Qué está tramando, Hunter? Oí que se suponía que estaba ocupando tareas ligeras en este momento.

Ella sonrió. —Es periodista. Sabe que no debería creer todo lo que oye.

———

Kay balanceaba su silla de un lado a otro mientras intentaba concentrarse en los correos electrónicos que estaba revisando.

No había parado de ir de un lado a otro de la comisaría para asistir a diferentes reuniones desde que regresó del almuerzo, y aunque nunca lo admitiría ante sus colegas, el cansancio empezaba a hacer mella en ella.

Había esperado hasta que nadie la mirara antes de meter la mano en su bolso y sacar dos analgésicos del pequeño frasco que le habían recetado, tragando las amargas pastillas con un sorbo de café.

Le dolía el brazo, y agradeció ver que las manecillas del reloj se acercaban a las seis.

Desde que había salido del pub a la hora del almuerzo, no había dejado de pensar en la información de Aspley sobre los rumores de que a Harrison le gustaban las drogas recreativas.

¿Habría tenido Jamie Ingram una pelea con Giles Stockton?

¿Habría matado Stockton a Jamie, y luego Harrison le habría ayudado a encubrir el crimen? Pero ¿por qué?

¿Stockton era el proveedor de drogas de Harrison? ¿Lo habría amenazado con chantajearlo?

Carys empezó a despejar su escritorio mientras Kay se frotaba las sienes, llegando hasta ella el *tintineo* de la vajilla mientras el equipo comenzaba a recoger para la noche, llevando los platos sucios y las tazas de té a la pequeña cocina.

Kay se hundió en su silla, estiró el brazo y movió el ratón para activar la pantalla del ordenador, y luego comenzó a revisar los correos electrónicos que habían llegado durante su ausencia.

Su teléfono vibró sobre el escritorio, y sonrió al leer el mensaje de texto de Adam.

Cocinando un curry tailandés. Listo en una hora. Beso.

Levantó la vista cuando Gavin irrumpió por la puerta de la sala de incidentes y se dirigió hacia su escritorio, agitando una página en el aire.

—¿Qué te tiene tan alterado?

—Natalie Ingram. No nos ha estado diciendo la verdad sobre sus sesiones de terapia de hace diez años.

Ella echó hacia atrás su silla y soltó un silbido bajo en dirección a donde Barnes y Carys estaban junto a la tetera.

—Venid aquí.

CAPÍTULO 41

Kay esperó hasta que el pequeño equipo se hubiera acomodado en la oficina de Sharp, luego cerró la puerta e hizo un gesto a Gavin.

—Muy bien, Piper. Explícate.

—Vale, resulta que tuve algo de tiempo libre esta tarde y pensé en revisar las declaraciones que hemos recibido hasta la fecha. Me refiero a esta vez, no la documentación original.

—Como dijo una vez un sabio, "ve al grano" —dijo Barnes.

—Bien, pues. Cuando tú y Kay hablaron por primera vez con Michael y Bridget Ingram para decirles que estábamos reabriendo la investigación sobre el accidente de motocicleta de Jamie, Bridget le dijo a Kay que Natalie recibió tres meses de terapia después para lidiar con su dolor. Natalie lo confirmó cuando hablaron con ella.

Carys se inclinó hacia adelante en su asiento.

—Date prisa, Gavin.

—Perdón. En fin, estuve investigando un poco en el sistema, porque ninguno de ellos nos mencionó a qué terapeuta había ido. Por suerte para nosotros, uno de los agentes uniformados que trabajaba en el caso original con Harrison fue inteligente: descubrió que Natalie no fue a un terapeuta local. Optó por internarse en una clínica privada cerca de Guildford durante tres meses.

—¿Guildford? —dijo Kay—. ¿Por qué demonios iría tan lejos?

—¿Y por qué tanto tiempo? —dijo Carys—. Seguramente solo tendría un par de sesiones a la semana o algo así, ¿no? ¿Por qué quedarse tres meses?

Gavin levantó el documento que tenía en la mano, con un brillo triunfante en los ojos.

—Porque no estaba sufriendo de dolor. Creo que tenía una adicción a la cocaína.

El silencio atónito que siguió fue finalmente roto por el sonido de Barnes siseando entre dientes.

—Maldita sea.

Kay le quitó la hoja y echó un vistazo a sus notas.

—¿Estás completamente seguro de esto?

—Sí. Llamé al lugar. Nunca han ofrecido terapia de duelo. Su personal se especializa en adicciones a drogas y alcohol, nada más. Al parecer, es una de las mejores clínicas privadas del país y cuesta una fortuna.

—Entonces, ¿crees que Jamie y su amigo Carl Ashton eran proveedores, y Natalie compraba tanto como Giles Stockton? —preguntó Carys.

—Ni hablar. Esa era mucha cocaína la que estaban introduciendo de contrabando en el país —dijo Barnes—. Más de lo que dos personas necesitarían jamás.

—No si Natalie la estaba vendiendo a contactos que hizo a través de su trabajo en la ciudad —dijo Gavin.

Kay se apoyó en el escritorio de Sharp y le devolvió las notas a Gavin.

—Buen trabajo, Piper. Creo que podrías tener una pista aquí, pero vamos a tener que proceder con *mucho* cuidado. —Dirigió su mirada al equipo reunido—. Las noticias sobre este dato no salen de esta habitación hasta que los hechos hayan sido completamente corroborados, ¿entendido?

Un murmullo de respuesta llegó a sus oídos.

—Bien. Siguientes pasos. No queremos alertar a

Natalie Stockton sobre el hecho de que hemos descubierto esto. Gavin está especulando que pudo haber tenido una adicción a la cocaína, eso es todo por el momento, así que no nos adelantemos. Gav, ¿puedes llamar al centro de nuevo y ver si hay alguien con quien podamos hablar esta noche para establecer los hechos relacionados con su estancia?

—Lo haré.

Sacó su teléfono móvil y se retiró a una esquina de la habitación, hablando en voz baja.

—Ian, necesitaré que cubras a estos dos mientras trabajamos en la teoría de Gavin. ¿Cómo está tu carga de trabajo en este momento?

—No está mal. Puedo encargarme de la cosa de vigilancia comunitaria a la que Carys iba a asistir por la mañana en la jefatura, de todos modos, es solo un encuentro. ¿Qué más quieres que haga?

—Piper se suponía que iba a finalizar un informe para el Servicio de Fiscalía de la Corona sobre Carl Ashton. Ya está escrito; no tendré tiempo de revisarlo antes de que vaya a Jude Martin, eso es todo.

—Déjamelo a mí.

—Gracias.

Hizo una pausa mientras Gavin guardaba su móvil en el bolsillo y se acercaba.

—Hablé con la recepcionista —dijo—. Ninguno

de los terapeutas está disponible en este momento, y ella no me dará ninguna información sin consultarlos primero. Suena como si tuviera solo unos dieciocho años, así que probablemente está siendo cautelosa en lugar de obstructiva deliberadamente. Por el lado positivo, ha confirmado el nombre de uno de los terapeutas que estaba allí hace diez años, e incluso llegó a concertarme una cita para hablar con él por la mañana. Un tipo llamado Zack Ellington.

—Excelente, eso es genial. Muy bien, Carys, necesito que averigües el nombre de los empleadores de Natalie en la ciudad de hace diez años. Si no se mencionan en ninguna de las declaraciones, revisa sus redes sociales. Con cuidado, eso sí. Organiza una cita para que nos reunamos con alguien allí mañana si puedes, y si te dan problemas al respecto, recuérdales que estamos lidiando con una investigación de asesinato.

—Entendido.

—Bien, eso es suficiente por hoy. Es tarde, así que váyanse y descansen un poco. Tengo la sensación de que vamos a estar muy ocupados los próximos días.

CAPÍTULO 42

Kay miró por la ventana del tren azotada por la lluvia y apoyó el mentón en la mano mientras el paisaje de Kent se convertía en un extenso suburbio.

No se lo admitiría a nadie, pero le preocupaba no haber informado a Sharp sobre el avance en su investigación. Una parte de ella se sentía obligada a mantenerlo al tanto del progreso, pero su conciencia luchaba con el hecho de que él estuviera tan estrechamente relacionado con los Ingram.

¿Cómo demonios se suponía que iba a informarles a cualquiera de ellos que Natalie podría haber sido la compradora de Jamie?

—Aquí tienes.

Se giró al oír la voz de Carys y luego tomó la taza

de café que le ofrecía con una sonrisa de agradecimiento.

—Estabas en las nubes —dijo la joven agente. Se deslizó en el asiento frente a Kay y colocó su propia taza en la mesa entre ellas—. ¿En qué pensabas?

—Me estoy reprochando por no haber considerado antes que Natalie podría ser la compradora. La otra parte de mí se pregunta cómo diablos voy a decírselo a sus padres si tenemos razón.

—¿Crees que Gavin tiene una pista?

Kay se encogió de hombros y dio un sorbo a su café antes de arrugar la nariz.

—Lo siento —dijo Carys—. Solo tenían descafeinado.

—Está bien. Sobreviviré. Creo que sí, a menos que Zack Ellington pueda confirmar que en el momento en que Natalie residía en la clínica estaban ofreciendo consejería de duelo como parte de su programa, entonces creo que debemos considerar seriamente el hecho de que ella podría haber tenido una adicción y estaba usando a su hermano para obtener las drogas que ansiaba. Como dije anoche, tenemos que abordar esto paso a paso, no podemos asumir nada.

El tren comenzó a reducir la velocidad, y Carys miró por la ventana mientras el letrero de la estación de Herne Hill aparecía a la vista. Echó un vistazo a su reloj y suspiró.

—Menos mal que la única cita que nos ofrecieron fue a las once. Si hubiera sido más temprano, habríamos llegado tarde con lo lento que va este tren.

Kay sonrió y apartó su taza de café, incapaz de soportar más de ese líquido de sabor horrible. —No recuerdo la última vez que vine a Londres. Antes de que me pasara todo, y antes de que la clínica veterinaria de Adam tuviera tanto éxito, solíamos intentar venir aquí una vez al mes.

—¿Ibais al teatro a ver algún espectáculo o algo así?

—No, y esto va a sonar realmente aburrido, pero nos gustaba pasear observando a la gente y encontrar bares interesantes escondidos para tomar algo. Creo que se trataba más del cambio de escenario que de otra cosa. —Extendió la mano y usó su servilleta de papel para limpiar la condensación de la ventana—. Aunque no podría vivir allí. Definitivamente soy una persona de campo.

—Yo también. La última vez que estuve aquí fue para ir a una exposición en el V&A hace seis meses.

El móvil de Kay vibró en su bolso y lo sacó, quejándose interiormente al leer el mensaje de texto.

—¿Qué pasa?

—Nada. Es Sharp, quiere una actualización.

—¿Qué le vas a decir?

—Nada. Si tengo algo que informar, lo haré cuando tengamos todos los hechos, y hablaré con él cara a cara.

Metió el teléfono de vuelta en su bolso mientras un anuncio sonaba por el intercomunicador, avisando a los pasajeros que el tren pronto entraría en la estación Victoria.

Carys comenzó a recoger sus cosas. —Podemos caminar hasta la oficina desde la estación. Está a solo unos cinco minutos de allí.

Kay miró por la ventana las nubes oscuras que se cernían amenazadoramente sobre la ciudad antes de que el tren se deslizara bajo el techo de la estación y se detuviera por completo.

—Esperemos no ahogarnos antes de llegar.

CAPÍTULO 43

El rascacielos que albergaba la institución financiera donde Natalie Stockton había trabajado alguna vez era un edificio cubierto de cristal que contrastaba marcadamente con los edificios de estilo de la era de la Regencia al otro lado de la calle.

Kay lideró el camino pasando por una puerta corredera automática hacia un amplio vestíbulo que se asemejaba más a un hotel de cinco estrellas que a un negocio privado.

Una alfombra de color carmesí cubría el suelo y amortiguaba sus pasos mientras se acercaban al mostrador de recepción, que notó con sorpresa había sido tallado de un solo árbol antes de que su superficie fuera barnizada hasta obtener un alto brillo.

Lo mismo podría decirse de la mujer sentada detrás de él.

Llevaba unos auriculares sobre un peinado perfectamente arreglado, y su esmalte de uñas rosa brillante destellaba bajo los focos mientras atendía una llamada. Cuando Kay y Carys se acercaron, ella continuó hablando por teléfono, señaló un libro de visitas encuadernado en cuero e indicó que ambas debían registrarse.

Una vez hecho esto, la mujer terminó la llamada y sonrió.

—¿Puedo preguntar a quién vienen a ver?

—Marion Wisehart —dijo Carys.

—Tomen asiento, por favor. Le avisaré que están aquí.

—Recuérdame quién es esta Marion Wisehart —dijo Kay mientras se sentaban.

—Gerente de Recursos Humanos, o "Especialista en Gestión de Personas" como me informó ayer por la tarde —dijo Carys, apenas ocultando su diversión por el título—. Sonaba bien por teléfono. Cautelosa, sí, pero…

—Comprensible, dado que tiene que proteger la reputación de la empresa.

—Exactamente.

Kay dirigió su atención a una puerta que se abrió

junto a la recepcionista, y apareció una mujer de unos cincuenta años, con el cabello castaño claro cortado en un estilo a la moda que lo dejaba largo por delante y corto por detrás.

Grandes pendientes brillaban y acentuaban su largo cuello, y vestía un traje impecable de color gris oscuro.

Kay y Carys se levantaron cuando se acercó y se presentaron a Marion Wisehart.

—¿Detective Hunter? Entiendo por mi conversación con su colega que esto no podía tratarse por teléfono.

—Probablemente sea mejor si charlamos cara a cara.

—De acuerdo. Vengan conmigo.

Se dio la vuelta y las guio a través del área de recepción, pasó su tarjeta de seguridad por el lector de la puerta y luego se detuvo para hacerlas pasar a una oficina de planta abierta que zumbaba de eficiencia.

Filas de escritorios cubrían el suelo; una persona sentada en cada uno con auriculares y conversando en tonos bajos mientras las pantallas de las computadoras parpadeaban frente a sus ojos.

Todo el efecto era el de una colmena ocupada.

Wisehart ignoró la multitud de empleados y giró a

la derecha antes de abrir una puerta y encender un interruptor de luz.

Kay entró en lo que parecía una caja cuadrada, con una pequeña mesa y sillas en el centro y vidrio esmerilado separándola del espacio de trabajo central. Se habían usado marcadores de pizarra para garabatear en el cristal, y notó que el labio superior de Wisehart se curvó cuando cerró la puerta.

—En serio —dijo con un suspiro exasperado—, saben que se supone que deben limpiar las paredes cuando terminan.

—¿Para qué se usa esta sala? —dijo Carys.

—Animamos a nuestros empleados a hacer una lluvia de ideas sobre cualquier problema antes de plantearlo a la dirección —dijo Wisehart, sacando un paño de colores brillantes de un armario en la parte trasera de la habitación y atacando los garabatos hasta que se desvanecieron—. Lo probamos durante tres meses y descubrimos una disminución del veinte por ciento en el tiempo que nuestros gerentes usaban para resolver problemas menores. Tienen cosas más importantes que hacer, créanme.

Kay sacudió ligeramente la cabeza al ver que los ojos de Carys se nublaban, y cada una tomó asiento en la mesa.

—Bien —dijo Wisehart, arrojando el paño de

vuelta al armario y uniéndose a ellas—. Mencionaron por teléfono que querían hablar sobre Natalie Ingram. Entienden que solo puedo darles información que no se considere confidencial, ¿verdad?

Kay sonrió y se inclinó hacia adelante mientras Carys abría su cuaderno. —Eso es justo, señora Wisehart, pero para que *usted* entienda, actualmente estoy dirigiendo una investigación sobre un posible asesinato, así que espero que me dé su plena cooperación.

—Oh. Oh, ya veo. —Los ojos de la mujer se abrieron por un momento antes de recuperarse y bajar la voz—. ¿Cómo puedo ayudar?

—En primer lugar, debo insistir en que esta conversación se trate con confidencialidad —dijo Kay—. Estamos realizando algunas investigaciones preliminares en este momento, aunque si es necesario, solicitaremos la divulgación completa del expediente personal de Natalie. ¿Puede decirme cuándo empezó a trabajar Natalie aquí?

—Hace unos trece años —dijo Wisehart—. Había terminado la universidad y demostró tener una habilidad para ser extremadamente trabajadora y diligente durante un puesto temporal aquí después de graduarse. Encontramos a muchos de nuestros mejores empleados de esa manera; para ser honesta, nos ahorra muchos problemas ante ofrecer contratos permanentes con períodos de prueba, solo para descubrir que después de los primeros tres meses, el personal se afloja y te quedas atrapado con ellos. Ofrecemos contratos temporales de seis meses, nos da una mejor idea de si las personas son adecuadas para nosotros.

—¿Y cuánto tiempo trabajó Natalie aquí?

—Se fue después de dos años. —Wisehart bajó la mirada—. Me sentí terrible, de verdad, cuando me enteré de que su hermano había sido asesinado seis semanas después de que termináramos su contrato.

Kay se tensó. —Teníamos la impresión de que Natalie renunció después de que su hermano muriera.

Wisehart soltó una risa amarga. —Natalie Ingram no renunció, detective Hunter. Fue despedida.

—¿Por qué?

—Tiene que entender que esto es extraoficial. Lo negaré si me lo preguntan.

—Buscaremos las autorizaciones necesarias si queremos llevar esto más allá con usted.

Wisehart respiró hondo y luego apoyó las manos sobre la mesa. —Mire, tuvimos algunos incidentes con Natalie cuando llegaba tarde, a media mañana, no solo diez minutos aquí y allá. Su trabajo se volvió descuidado, y hubo un par de ocasiones en las que le podría haber costado a esta empresa millones de libras porque no estaba concentrada en su trabajo. Se pasó de la raya; a pesar de las advertencias formales, volvió a suceder. Tuvimos que despedirla.

—¿Qué le pasaba? ¿Estaba enferma o algo así?

—No. Estaba drogándose con algo. Cocaína, sospecho, aunque nunca pudimos probar nada. A Natalie Ingram le gustaba demasiado trabajar de sol a sol, detective.

CAPÍTULO 44

Kay y Carys habían llegado a Maidstone a media tarde y, después de dejar a la agente redactando el informe de su reunión de esa mañana, Kay le hizo una seña a Gavin y agarró su bolso.

—¿Adónde vamos? —preguntó él.

—A casa de los Ingram. Quiero hacerles algunas preguntas sobre Natalie, y quiero hacerlo cara a cara.

Él la siguió escaleras abajo, firmó para sacar un vehículo del parque móvil y luego la guio hasta el estacionamiento.

Mientras cambiaba de marcha y conducía el vehículo por el concurrido centro de la ciudad, Kay hojeaba su cuaderno.

—¿Cómo te fue hablando con Zack Ellington?

—Confirmó que no ofrecen terapia de duelo, nunca

lo han hecho. Se especializan en adicciones, incluyendo drogas y alcohol. Obviamente, no confirmaría si Natalie Ingram había sido paciente allí, pero dijo que nos ayudaría más si conseguíamos el papeleo adecuado para él. Su programa básico es de seis semanas, y cobraban dos mil libras por semana en ese entonces, lo que solo incluía las sesiones de terapia. El alojamiento y la comida eran cargos adicionales.

Kay lo puso al día sobre lo que había descubierto de los antiguos empleadores de Natalie esa mañana, y él soltó un silbido bajo.

—Así que ella era la compradora.

Kay golpeó con el puño contra la puerta e intentó ordenar sus pensamientos en una secuencia coherente.

—Sin embargo, hay algo que no tiene sentido. Carl Ashton dijo que ese medio kilo era lo mínimo que habían contrabandeado. Vale, puede que tengamos pruebas circunstanciales que sugieran que Natalie era consumidora, pero ¿cómo diablos financiaba la compra de tanta cocaína?

Se quedó en silencio, una idea tirando de su memoria, e intentó aferrarse a ella. Se llevó un dedo a los labios para evitar que Gavin la interrumpiera y cerró los ojos.

La conversación que había tenido con Penny

Boyd daba vueltas en su mente, y entonces se dio cuenta de golpe de lo que le molestaba.

—¿Gav? Cuando Barnes y yo hablamos por primera vez con Michael y Bridget Ingram para informarles de que estábamos reabriendo la investigación sobre la muerte de Jamie, Michael dijo que Jamie había recibido una llamada telefónica tarde esa noche antes de salir furioso de la casa para responderla. Se fue de casa poco después. Pero cuando hablamos con Penny Boyd, ella dijo que había llamado a Jamie justo después de que los Ingram hubieran cenado.

Gavin permaneció en silencio por un momento, navegando por una rotonda, y entonces Kay vio que la comprensión cruzaba sus facciones.

—Jamie Ingram recibió *dos* llamadas telefónicas esa noche, no solo la que sus padres conocían. Entonces, ¿quién fue el segundo que llamó?

Kay cerró su cuaderno. —Bien, hablemos con los Ingram para ver qué podemos averiguar sobre el trabajo de Natalie, y luego la entrevistamos formalmente.

—¿Crees que actuaba como intermediaria? ¿Crees que algo salió mal y eso hizo que la gente a la que vendía matara a Jamie?

—Tal vez. No lo sé, siento que estamos cerca, pero solo estamos escuchando la mitad de la historia.

Gavin redujo la velocidad del coche al entrar en el patio de la granja y aparcó junto a la puerta principal.

Kay emitió un gruñido de sorpresa al ver el vehículo aparcado cerca del granero. —Parece que no tendremos que ir a Yalding para hablar con Natalie. Ese es su coche.

Michael Ingram abrió la puerta con una copa de vino en la mano. Su sonrisa se desvaneció al ver a los dos detectives en su puerta.

—¿Kay? ¿Qué está pasando?

—¿Podemos pasar? Es bastante urgente que hable con usted.

—Por supuesto. Estábamos terminando de lavar los platos.

Se dirigieron a la cocina, donde Bridget estaba con los codos sumergidos en agua jabonosa. Su rostro se nubló cuando entraron en la habitación, y tomó una toalla de la encimera para secarse las manos.

—¿Quieren un café o algo? —dijo Michael.

Kay negó con la cabeza. —¿Está Natalie aquí?

—No en este momento.

—Oh. Mire, en su ausencia, ¿puede decirme cuándo dejó su trabajo en la ciudad?

Michael se rascó la barbilla. —Unos seis meses

después de que Jamie muriera, creo. Salió de la terapia por su duelo, intentó volver a la rutina, pero dijo que lo encontraba demasiado estresante, así que lo dejó. Conoció a Giles poco después.

—¿Alguna vez fueron a su oficina en la ciudad?

—No. ¿Por qué lo haríamos?

—Bridget, la noche que Jamie murió, ¿a qué hora dijo que recibió esa llamada telefónica?

—Era tarde, y estábamos viendo una película. De esas que ponen después de las noticias de las nueve, así que supongo que serían como las diez y media.

—¿Y dijo quién era el que llamaba?

—No.

—¿Me disculpan un momento?

Kay echó su silla hacia atrás y volvió rápidamente al pasillo, hojeando su móvil hasta que encontró el número que quería, luego marcó y cruzó los dedos.

Una voz susurrada respondió. —¿Hola?

—¿Penny Boyd? Soy la inspectora Hunter.

—Estoy en el trabajo en este momento. No puedo hablar.

—Es urgente. Usted dijo que llamó a Jamie Ingram la noche de su muerte. ¿Puede recordar la hora?

—¿La hora?

—Sí. La hora a la que lo llamó esa noche. ¿Cuál fue?

—Em, habían terminado de cenar, creo. Jamie estaba realmente molesto porque llamé cuando estaban lavando los platos, y tuvo que salir al patio para hablar conmigo.

—Gracias, señora Boyd.

—¿Está todo bien? —Los ojos de Bridget estaban muy abiertos cuando Kay volvió a entrar en la cocina y guardó su móvil en el bolso antes de tomar su cuaderno.

Gavin permaneció en silencio, habiendo trabajado con ella el tiempo suficiente para saber cuándo sus pensamientos funcionaban a toda velocidad.

Hojeó las páginas y sintió que se le encogía el corazón al releer sus apresurados garabatos.

—¿De quién fue la idea de tirar el móvil de Jamie?

—No lo tiramos —dijo Bridget—. Ya se lo dije, lo donamos a una de esas organizaciones benéficas de reciclaje de teléfonos. Algo terminado en "ark".

—¿De quién fue la idea de hacer eso?

—De Natalie —dijo Michael—. ¿Qué está pasando, Kay?

—¿Alguna vez conocisteis a Giles antes de la muerte de Jamie?

—No.

—¿Dónde está Natalie?

—Se ha ido. Tuvimos una agradable sorpresa esta mañana: la chica con la que Jamie salía cuando estaba en el ejército vino a visitarnos. Pensamos que sería bueno que ella y Natalie se conocieran, así que llamamos a Nat para que viniera y organizamos un almuerzo.

—No la habíamos conocido antes —dijo Bridget, secándose los ojos—. Una chica encantadora. Ahora tiene sus propios hijos. Habría hecho muy feliz a Jamie.

—Oh, no sé —dijo Michael—. Estaba bien cuando llegó, pero pareció ponerse nerviosa cuando apareció Natalie. Jamie era tan sociable y lleno de vida… es difícil imaginarlo con ella.

—¿Dónde están Amber y Natalie ahora? —preguntó Kay.

—Natalie le pidió a Amber que la llevara a casa —dijo Michael—. Natalie creía que había bebido demasiado, así que sugirió dejar su coche aquí y que Amber la llevara de vuelta a Yalding. Me sorprendió un poco, la verdad. Solo vi a Nat beber una copa de vino. ¿Qué está pasando?

Kay no le respondió. En su lugar, agarró a Gavin del brazo y lo empujó hacia la puerta principal, sacando su teléfono móvil y marcando el número de Amber Fitzroy.

Maldijo cuando la llamada se desvió al buzón de voz.

—¿Qué pasa, jefa?

—No contesta. —Su piel se erizó y una sensación de hundimiento le retorció el estómago—. Gav, llama para pedir refuerzos. Quiero una patrulla uniformada aquí lo antes posible. Nadie se va hasta que yo lo diga. Vamos a la casa de los Stockton. Usa las luces y la sirena, y haz que otro coche patrulla nos encuentre allí.

CAPÍTULO 45

—Mierda, nos *utilizó*.

—¿Jefa?

Kay se aferró a la agarradera sobre la ventanilla del pasajero mientras Gavin maniobraba el vehículo por los estrechos caminos rurales, y contuvo la respiración cuando cruzaron una intersección en T, con un tractor frenando en el último momento para evitar la colisión.

—Lo siento, jefa. —Aflojó el pie del acelerador y luego miró a Kay—. ¿Qué está pasando?

—Creo que Amber Fitzroy sabía sobre la adicción a las drogas de Natalie, y posiblemente la conexión de Giles con la operación de contrabando de Jamie, y se estaba preparando mentalmente para contárselo a Michael y Bridget. No creo que esperara que Michael insistiera en que Natalie estuviera en la granja para reunirse con ella, y no le dio tiempo de hablar con ellos a solas. Michael tenía un buen punto: Amber parece ser bastante reservada, y es posible que fuera reacia a abordar el tema tan pronto como llegó allí.

Kay sacó su teléfono móvil y se desplazó por la lista de llamadas recientes hasta que encontró el número que necesitaba.

Fue directo al buzón de voz.

—Maldita sea. Giles Stockton no contesta.

—¿Crees que Natalie veía a Amber como una amenaza?

—Sí, lo creo. Es la única en la familia que sabía de ella, pero no conocía su nombre.

—Pero ¿por qué?

—Piénsalo. Natalie ha pasado años cultivando una imagen perfecta frente a su familia. Mintió sobre perder su trabajo en la ciudad; mintió sobre su adicción a la cocaína, incluso llegando a internarse en una clínica de rehabilitación a varios kilómetros de distancia donde nadie la conocía. Obviamente, nunca les ha contado a sus padres lo que ella y Jamie estaban haciendo. Entonces, Amber aparece de la nada. La única persona sobre la que Natalie no ha tenido control, hasta ahora.

—¿Así que ha estado usando nuestra

investigación del caso sin resolver para averiguar quién es y dónde está, con el fin de sacarla a la luz y mantenerla callada?

—Exactamente. Es solo una suposición, pero creo que Amber debe haber dejado escapar que había hablado con la policía, y por eso está aquí en Kent. Natalie podría haberse puesto paranoica sobre lo que se dijo cuando la entrevistamos. Escuchaste lo que dijo Michael. Amber se cerró cuando apareció Natalie…

Kay dirigió su atención al móvil cuando comenzó a sonar.

—¿Kay? Soy Carys. El coche patrulla está a un par de minutos detrás de ustedes. Los otros dos han llegado a la granja de los Ingram: Natalie y Amber no han vuelto allí.

—Gracias. Mantenme informada. Ya casi estamos en Yalding.

Gavin maldijo por lo bajo mientras conducía el vehículo alrededor de una cerrada curva a la derecha, enderezando el coche antes de tomar una curva pronunciada a la izquierda.

Usar los caminos secundarios para llegar a la casa de los Stockton era una ruta más directa que pasar por Maidstone, pero Kay notó que los nudillos del agente estaban blancos mientras agarraba el volante.

—Ya casi llegamos —dijo ella—. El desvío hacia Vicarage Lane está aquí a la izquierda.

Hundió los dedos de los pies en el hueco para los pies para estabilizarse mientras Gavin reducía la marcha y tomaba la curva sin disminuir la velocidad.

—¿Has estado tomando clases de conducción con Barnes?

—¿Cómo lo adivinaste?

Kay apretó los dientes.

Menos de un minuto después, el vehículo se detuvo en la grava frente a la casa de los Stockton.

Kay se lanzó fuera del coche y corrió hacia la puerta principal, golpeando su superficie mientras Gavin se unía a ella.

—Maldita sea. —Dio un paso atrás y miró hacia las ventanas que daban al camino de entrada—. Gav, ve a la parte trasera de la casa. Mira si hay alguna forma de entrar, o si alguien ya ha salido por ahí.

—Jefa.

Sus botas enviaron grava suelta por el aire mientras pasaba corriendo junto a ella y desaparecía de la vista.

Ella se acercó a la ventana de la planta baja de la oficina de Natalie y se protegió los ojos de la débil luz del sol que se reflejaba en el cristal.

Dentro, la habitación estaba vacía, sin señales de Natalie ni de Amber.

Gavin regresó un momento después, con una llave en la mano. —Nadie ha salido por ahí, está bloqueado con un contenedor de basura. Pero encontré una llave debajo de una maceta.

Ella miró por encima del hombro cuando un coche patrulla se detuvo detrás del vehículo de Gavin, y dos oficiales uniformados se apresuraron hacia ellos.

Kay caminó para encontrarse con ellos mientras se acercaban. —Creemos que la vida de Amber Fitzroy está en peligro y puede estar retenida en la casa de los Stockton contra su voluntad. Piper ha encontrado una llave de repuesto, así que, dadas las circunstancias, he tomado la decisión de entrar. Quiero que ustedes dos se queden aquí fuera. Si alguien aparece, griten.

—Jefa.

Siguió a Gavin mientras rodeaba el edificio, y luego apartó el contenedor de basura y sacó su bastón telescópico mientras él abría la puerta.

—¿Natalie?

La casa permaneció en silencio como respuesta.

Kay sacó dos pares de guantes desechables de su

bolsillo y lanzó un par a Gavin. —Bien, tú ve arriba, yo me quedaré abajo.

Lo siguió hasta el pasillo, luego se dirigió hacia la puerta de la sala de estar al pie de la escalera mientras él subía y desaparecía de la vista.

Gruesas alfombras cubrían un suelo de pizarra, con un gran televisor colgado en la pared del fondo frente a un sofá en forma de L. Cojines estratégicamente colocados cubrían asientos alternos, y un baúl de juguetes de madera descansaba a su lado.

Una revista abierta yacía abandonada en una mesa de café junto a una taza de café a medio beber.

Gavin apareció en la puerta. —Arriba está despejado, no hay señales de ella.

—Veamos qué hay en su oficina —su móvil comenzó a sonar, y vio que se mostraba el número de Giles Stockton—. Gracias por devolverme la llamada.

—¿Qué quiere, detective? No voy a hablar con usted sin que mi abogado esté…

—Cállese y escuche, Giles. ¿Dónde está Natalie?

—¿Qué demonios está pasando?

—¿Cuándo fue la última vez que vio a su esposa?

—Esta mañana, cuando me fui a trabajar.

—Su esposa no está en la casa. ¿Dónde más podría estar? ¿Tienen otras propiedades?

—¿Qué? ¿Qué está haciendo en mi casa? ¿Cómo se atreve…?

—¿Tienen alguna otra propiedad?

—Con el tamaño de nuestra hipoteca, claro que no tenemos ninguna maldita propiedad.

—La vida de una mujer puede estar en peligro. ¿Dónde más podría estar Natalie?

—Estará recogiendo a los niños de la guardería. El centro cierra pronto y nos cobran extra si llegamos tarde.

—¿Cuál?

Kay colgó después de que Stockton le diera los detalles y se apresuró a salir. Le entregó la nota garabateada a uno de los agentes uniformados. —Ponte en contacto con ellos y averigua si Natalie Stockton se presentó a recoger a sus hijos. Hazme saber lo que descubras.

Corrió de vuelta adentro y alcanzó a Gavin en la oficina de Natalie.

—Debe de haber llevado a Amber a otro lugar. Giles confirmó que no tienen ninguna otra propiedad, y estoy segura de que Natalie está paranoica por lo que cree que Amber podría saber. Tenemos que darnos prisa, Gav. Creo que Amber está en peligro.

—Las notas en la base de datos dicen que cuando

tú y Barnes hablasteis por primera vez con Natalie, ella estaba trabajando en dos comisiones.

—Cierto, las propiedades de alquiler eran una de sus especialidades, dijo. Así que, en algún lugar de aquí, debe haber una nota de dónde podría estar Amber.

—¿Qué crees que pasó?

—Tal vez fue Natalie quien llamó a Jamie tarde esa noche. No creo que supiera que su futuro esposo y hermano se conocían; creo que estaba preocupada de que Jamie fuera a contarles a sus padres sobre su adicción a las drogas.

—Pero ¿no podría haberlo amenazado simplemente con la red de suministro que él había establecido?

—No si sabía que le había dicho a Amber que planeaba terminarlo y reportarlo a su oficial al mando dos días después. Él no tenía nada que perder. Pero ¿y si Natalie entró en pánico? Era una adicta; estaba a punto de perder su suministro, y sus padres lo descubrirían.

—¿Cómo se relaciona eso con la muerte de Jamie?

—No lo sé.

Se dio la vuelta cuando uno de los agentes

uniformados entró en la habitación, con la mano en su radio.

—Hemos recibido noticias del coche enviado a la guardería, jefa. No hay señales de Natalie Stockton. Sus dos hijos siguen allí. Hemos hecho arreglos para que los cuiden hasta que encontremos a su madre.

—Gracias.

—Jefa, creo que tengo algo aquí.

Ella volvió al escritorio donde Gavin estaba revisando un montón de papeles. Le entregó uno mientras se unía a él.

—Esta es una de sus comisiones. Es para una propiedad de alquiler en Windmill Hill. Los inquilinos se mudaron hace dos semanas, y la sesión de fotografía para el agente de alquiler no está programada hasta dentro de dos días. Ella tiene la llave mientras organiza todos los muebles y todo para preparar las habitaciones.

—Vamos. —Se detuvo en la puerta y se volvió hacia el agente uniformado—. Quédate aquí. Si Natalie Stockton aparece, no dejes que desaparezca de nuevo. Gav, conmigo.

Se apresuraron hacia el coche, Gavin pisando a fondo el acelerador mientras Kay se abrochaba el cinturón de seguridad.

—¿Y Harrison? ¿Dónde encaja en todo esto? —dijo él.

—Tal vez se dio cuenta de que si la muerte de Jamie se investigaba adecuadamente como quería Sharp, quedaría expuesto por haber retirado los cargos de posesión de cannabis contra Giles.

—Pero entonces, ¿por qué hacer acusaciones contra Sharp de que estaba encubriendo esto?

—Porque su carrera se acabó, Gav, y quiere llevarse a Sharp con él, o al menos desacreditarlo de cualquier manera posible para que nadie creyera las acusaciones de Sharp contra él.

—Si Natalie sabía que Harrison estaba involucrado en que se retiraran los cargos contra su esposo, ¿por qué no dijo nada?

—Quizás estaba demasiado asustada.

—Entonces, ¿qué ha cambiado?

—No lo sé. Espero que no sea demasiado tarde y tengamos la oportunidad de preguntarle.

CAPÍTULO 46

Mientras Gavin conducía hacia Windmill Hill, Kay revisó las páginas de las notas de Natalie sobre la propiedad y luego maldijo por lo bajo.

—No hay número de teléfono del agente, y no tengo señal para las aplicaciones de mi móvil.

—Espera a que pasemos Mereworth; la señal será mejor cuando lleguemos a la cima de Seven Mile Lane.

—Eso espero, maldita sea.

Kay dobló las páginas, con el contenido ya memorizado.

Una casa victoriana adosada de dos dormitorios, se esperaba que la propiedad en alquiler atrajera a un número significativo de compradores interesados ahora que sus inquilinos se habían mudado, razón por la cual los propietarios habían optado por decorar todo el lugar con las habilidades de diseño interior de Natalie. Se le había encomendado la tarea de conseguir muebles, obras de arte y otros objetos decorativos para resaltar lo mejor de la casa con el fin de ayudar a asegurar el precio más alto posible. Su tarifa por esto, en opinión de Kay, era exorbitante.

Esperaba, por el bien de los propietarios, que obtuvieran un buen precio.

Gavin indicó a la izquierda, aceleró por un estrecho carril recto y luego pasó velozmente una granja georgiana que mostraba carteles invitando al público a visitar sus ornamentados jardines italianos. Redujo la velocidad para tomar una curva cerrada a la derecha y frenó.

—Esta es Windmill Hill.

—De acuerdo. La propiedad en alquiler está aproximadamente a mitad de camino a la izquierda. Mira si puedes aparcar antes de que lleguemos allí, y caminaremos el resto del trayecto.

—¿Jefa? ¿Puedo hacer una sugerencia?

—Sí.

—Natalie no me conoce. Te reconocerá a kilómetros, así que ¿por qué no paso yo primero y veo qué encuentro antes de que irrumpamos allí?

Kay asintió. —No te entretengas, Gavin. Puede que no tengamos mucho tiempo.

Él giró sobre sus talones y salió trotando, reduciendo la velocidad al acercarse a la hilera de casas.

Kay se movió hacia el borde de hierba, fuera del camino de cualquier tráfico que pasara, y estiró el cuello para observar cómo el agente de policía deambulaba frente a las casas adosadas como si estuviera dando un paseo.

Por suerte, llevaba una chaqueta de cuero sobre su traje y corbata, y con su pelo rubio erizado en mechones rebeldes por el tiempo pasado surfeando, no llamaba la atención indebidamente.

Eso esperaba.

Desapareció de la vista sobre la cima de la colina, regresando cinco minutos después, y echando a correr una vez que pasó la casa.

—No hay señales de nadie dentro —dijo, uniéndose a ella en el borde y volviéndose para mirar la terraza—. Parece haber un dormitorio en la parte delantera, y un área de estar debajo; la puerta principal se abre directamente a ella, creo. Las cortinas del dormitorio están cerradas.

—¿Crees que están ocultando algo?

—O a alguien, quizás. Hay un número de teléfono

en el cartel de "Se vende" en el jardín delantero — dijo, y se lo recitó.

—Buen trabajo —dijo ella, mientras esperaba que contestaran la llamada.

—Agentes Hodges y Wilkes, ¿en qué puedo ayudarle? —dijo una voz masculina.

—¿Con quién estoy hablando?

—Howard Wilkes, el propietario. ¿Quién es usted?

—Soy la inspectora Kay Hunter de la Policía de Kent. ¿Tiene una llave de repuesto de la propiedad que está anunciando actualmente en venta en Windmill Hill?

—¿Por qué?

—La vida de una mujer puede estar en peligro. Puedo abrir la puerta principal con una llave, o hacer que uno de mis agentes use un ariete, señor Wilkes. No tengo tiempo para tonterías.

—Hay una baldosa suelta en el patio, la cuarta desde la derecha mirando hacia la puerta trasera. La llave está debajo.

—Gracias.

—¿Qué está pasando, detective?

Kay terminó la llamada, sin tiempo para explicarse al agente inmobiliario. —Muy bien, Gav. Vamos juntos esta vez, ¿de acuerdo?

Él le dio una sonrisa sombría. —Me parece bien. ¿Por la puerta trasera?

—Sí. Vamos.

Salieron corriendo, las piernas más largas de Gavin lo pusieron al frente en cuestión de segundos.

Saltó la verja del jardín, Kay optó por abrirla en lugar de tropezar y caer, antes de apresurarse por el costado de la casa tras él.

Para cuando llegó al jardín trasero, él ya estaba agachado junto al patio, levantando la losa que el agente había indicado.

La casa había sido ampliada en la parte trasera, un invernadero envolvente ahora añadía otra dimensión al plano original de la cocina, y Kay miró a través de las ventanas.

Nada se movía.

—La tengo —dijo Gavin, lanzándose hacia la puerta trasera.

Kay extendió su porra y asintió. —Hazlo.

La llave giró con facilidad, y Kay notó que la puerta tenía una cerradura nueva, sin duda reemplazada por el agente para asegurarse de que los inquilinos anteriores ya no pudieran entrar en la propiedad. La puerta se abrió sin un chirrido, y se deslizaron en el espacio luminoso.

La habilidad de Natalie como diseñadora de interiores era evidente.

Se habían colocado plantas de interior estratégicamente alrededor del invernadero, abrazando las paredes bajas bajo las ventanas sin invadir dos sillones que estaban uno al lado del otro de tal manera que daban la impresión de que los propietarios tomaban su ritual de café matutino regularmente.

Se habían colocado revistas sobre una mesa de cristal ornamental, y cuando Kay entró en la cocina, olfateó el aire.

Un leve rastro de vainilla se aferraba a las paredes.

—¿Perfume? —dijo Gavin en voz baja.

Kay negó con la cabeza. —Es un viejo truco. Pones una vaina de vainilla en el horno y la calientas antes de una visita; hace que el lugar huela como si hubieras estado horneando, para que se sienta acogedor. Obviamente han tenido una visita en el último día o así.

—Oh.

Después de revisar el baño, que como en muchas casas victorianas estaba en la planta baja, Kay y Gavin se movieron a la derecha de la cocina, pasaron por un pequeño comedor y entraron en la sala de estar.

Una vez más, el trabajo de Natalie transformó el espacio en uno de felicidad doméstica.

Se habían apilado piñas en la rejilla de la chimenea, mientras que a su lado se había colocado una pila de troncos junto a un atizador de hierro colgado de un estante. Los dos sofás tenían cojines apilados, los colores brillantes en marcado contraste con los tonos apagados de las paredes.

Sin embargo, no había señales de Natalie, ni de Amber.

—¿Dónde están? —dijo Gavin.

—Bien, vamos a revisar arriba.

Kay se dirigió al comedor. Se había construido una puerta en la pared izquierda para ocultar la escalera, y ella apoyó su mano en ella por un momento, escuchando.

Entonces la abrió de golpe y gritó escaleras arriba.

—¿Natalie? ¿Estás aquí? Soy Kay Hunter.

Un golpe sordo llegó a sus oídos, y miró por encima del hombro a Gavin.

—¿Qué fue eso? —dijo él.

En respuesta, ella levantó su porra y subió las escaleras a toda prisa.

En el último escalón, se encontró con dos puertas, ambas cerradas.

Empujó la de su izquierda y descubrió una cama individual y una mesita de noche; la ventana trasera ofrecía una vista sobre un largo y serpenteante jardín que conducía a un sendero y, más allá, a un campo de golf.

Se giró en el umbral y vio que Gavin tenía la mano en el pomo de la puerta del dormitorio principal.

—Adelante.

Él abrió la puerta de un empujón y Kay se abalanzó sobre él.

Gavin se hizo a un lado, y cuando ella miró por encima de su hombro, vio por qué se había detenido tan repentinamente.

Amber Fitzroy estaba sentada en una silla junto a la ventana, con las muñecas y los tobillos atados, y una mordaza tan apretada sobre su boca que le costaba respirar.

Sus ojos se abrieron de par en par al ver a los dos detectives.

Kay suspiró aliviada mientras las lágrimas corrían por las mejillas de la mujer.

CAPÍTULO 47

Gavin encontró un cuchillo en un bloque ornamental en la cocina y cortó la mordaza de la boca de Amber, luego colocó su mano en el hombro de ella mientras tomaba profundas bocanadas de aire.

—Pensé que me iba a matar —jadeó.

Gavin miró por encima de su hombro a Kay. —Falta otro cuchillo del bloque.

Kay comenzó a registrar la habitación, luego se agachó sobre la alfombra que había sido colocada sobre el suelo de madera pulida y miró debajo de la cama.

—Lo tengo. —Dejó caer la ropa de cama de vuelta a su lugar; no tenía sentido angustiar más a la mujer, y recuperarían el cuchillo más tarde—. ¿Dónde está Natalie?

—Se ha ido —dijo Amber, mientras Gavin comenzaba a aflojar las ataduras en sus muñecas y tobillos.

—¿Dijo a dónde iba?

—No, seguía diciendo que todo era mi culpa, que, si Jamie no se hubiera enamorado de mí, habría sido más cuidadoso ocultando las drogas. Dijo que, si yo no hubiera devuelto los pendientes, él no habría tenido dudas.

—¿Por qué aceptaste dejar la granja con ella?

—Dijo que quería hablar, eso es todo. Le creí. —Nuevas lágrimas se acumularon en sus ojos—. No puedo creer que fuera tan estúpida. Dios mío, realmente pensé que me iba a matar.

—¿Por qué quería traerte aquí?

La confusión cruzó el rostro de Amber. —Esta es su casa. Dijo que quería que conociera a su esposo y a sus hijos.

Kay intercambió una mirada con Gavin, luego se agachó junto a Amber y extendió la mano para tomar la suya. —Esta no es la casa de Natalie, Amber. Esta es una propiedad vacía que ella ayudó a decorar mientras los dueños intentan venderla. Nadie vive aquí.

Un escalofrío recorrió el cuerpo de la mujer, y

apretó los dedos de Kay. —¿Me trajo aquí a propósito?

Kay asintió. —Eso creo.

La palidez de la mujer se acentuó aún más. —Dios mío.

—¿Tienes alguna idea de por qué te atacaría ahora?

Amber se frotó las muñecas donde la cuerda se había clavado en su piel. —Creo que entró en pánico, no estaba actuando racionalmente después de que dejamos la granja. Al principio, sentí lástima por ella. Por eso acepté llevarla. Pensé que nos daría la oportunidad de hablar sobre Jamie lejos de sus padres.

Gavin sacó un pañuelo de papel limpio del bolsillo de su chaqueta y se lo entregó, y esperaron mientras ella intentaba recomponerse.

—Cuando llegamos aquí, seguía hablando de lo feliz que estaba de que conociera a sus hijos… todo era normal hasta que subimos aquí. Dijo que estaban jugando en esa otra habitación, pero mientras la seguía por las escaleras, pensé que era extraño que no pudiera oír nada. Ya sabes cómo son los niños cuando juegan, suele ser un caos. —Sacudió la cabeza—. Fui tan estúpida al creerle.

—¿Qué hizo?

Amber se frotó la piel de gallina que se le

formaba en los brazos. —En el momento en que llegamos a la parte superior de las escaleras, cambió. Luchamos; me dominó... fue como si hubiera planeado algo así desde el principio.

—¿Dijo por qué te agredió?

—Resulta que pensaba que Jamie me había dicho que ella estaba involucrada en el contrabando de drogas todos esos años atrás, que yo te lo había contado a ti, y que planeaba contárselo a sus padres. No tenía idea de que ella estaba vendiendo drogas para Jamie hasta que me lo dijo cuando llegamos aquí. Caminaba de un lado a otro agitando ese cuchillo frente a mí. —Un sollozo escapó de sus labios—. Cuando le dije que no tenía ni idea de lo que estaba hablando, se confundió y empezó a murmurar para sí misma, y fue entonces cuando tomó las llaves de mi coche y se fue.

Kay puso una mano en el hombro de Amber. —Ahora estás a salvo. Gavin cuidará de ti. También necesitaremos que nos des una declaración formal.

Amber sorbió, luego asintió, volviendo el color a sus facciones. —De acuerdo.

—¿Adónde vas, jefa? —Gavin se movió hacia ella.

—Quédate aquí. Haré que Carys me alcance. Necesito encontrar a Natalie.

CAPÍTULO 48

Kay giró el volante y condujo el coche sobre la rejilla para ganado que separaba la granja de los Ingram del camino. Una mancha de color azul brillante había captado su atención en el espejo retrovisor, y exhaló un suspiro de alivio cuando Carys frenó hasta detenerse junto a ella en otro coche de la flota policial.

Habían hablado por teléfono mientras Kay maniobraba por la concurrida circunvalación de Maidstone, y habían acordado encontrarse en la granja.

Era el único lugar lógico en el que Kay podía pensar para empezar.

—¿Qué opinas? —dijo Carys. Se apoyó contra la

puerta trasera del vehículo de Kay y miró hacia la casa de la granja—. ¿Crees que ha vuelto aquí?

—Su coche está aquí. Aunque no hay señales del vehículo de Amber, así que no lo sé, a menos que lo haya aparcado en otro sitio. —Se alejó del vehículo y examinó los huertos de los alrededores—. Pensé que podría volver aquí. Es un lugar que considera seguro. Después de todo, es donde ella y Jamie crecieron, y Bridget dijo que siempre fueron muy unidos.

La puerta principal se abrió y Michael Ingram se asomó.

—¿Kay? ¿Qué está pasando?

Kay cuadró los hombros y se dirigió hacia donde él estaba parado. —Creemos que Natalie y Amber tuvieron una discusión. ¿Volvió Natalie aquí?

—No. ¿Qué tipo de discusión?

—Se lo explicaré más tarde. Ahora mismo, mi prioridad es encontrar a Natalie. ¿Tenían ella y Jamie algún escondite especial o algún lugar al que solían ir cuando eran más jóvenes? ¿Algún sitio donde pudieran jugar lejos de la casa, por ejemplo?

Bridget apareció, con el rostro surcado de preocupación. —¿Kay? ¿Dónde están Natalie y Amber?

—Amber está bien. Estamos intentando averiguar si Natalie tiene algún viejo escondite de la infancia aquí en la granja. Algún lugar al que pudiera ir si necesitara sentirse segura. ¿Alguna idea?

El ceño de la mujer se arrugó y luego sus ojos se iluminaron. —Hay un viejo castaño en la parte baja del huerto de manzanos, en el límite más alejado de la granja. —Señaló más allá de Kay, y más allá del granero—. Ella y Jamie convencieron a Michael para que les pusiera un columpio cuando tenían unos ocho años; solíamos perderlos de vista durante horas allí abajo.

—¿Cómo llegamos allí?

—Hay un sendero que pasa por el granero y baja hacia un arroyo. Ese es nuestro límite. El huerto de manzanos está a su derecha. Encontrará un escalón en el seto donde termina el sendero; puede entrar al huerto por ahí.

Michael se alejó de la puerta y luego regresó con una vieja anorak verde en las manos. —Voy con ustedes.

—Necesito que se quede ahí.

—Pero puedo ayudar. Necesito saber que está bien.

—Y yo necesito que usted y Bridget estén en casa por si vuelve aquí. Por favor, Michael. Déjeme ocuparme de esto.

Él accedió con un suspiro, y Kay se alejó del portal.

Ella y Carys corrieron hacia el granero, sobresaltando a una pequeña bandada de gallinas que picoteaban el suelo en busca de comida antes de alejarse aleteando de las dos mujeres que se acercaban.

El barro espeso salpicaba las botas de Kay mientras abría el camino, demasiado estrecho para que lo recorrieran una al lado de la otra.

Permanecieron en silencio, cada una perdida en sus propios pensamientos mientras los ojos de Kay recorrían el paisaje a su derecha, desesperada por encontrar a Natalie.

Los troncos nudosos de los árboles crecían en hileras, con ramas desnudas retorcidas y grises contra un fondo de setos escasos y tierra empapada. La hierba en el huerto se había dejado más larga durante los meses de invierno mientras la granja se retiraba a una rutina de mantenimiento lista para la primavera.

Kay trató de imaginar los campos explotando con flores rosadas y blancas, pero el paisaje sombrío nubló su imaginación y oscureció sus pensamientos.

Si Natalie estaba tan inestable como temía, tenía que prepararse para lo peor.

Redujo el paso cuando el escalón en el seto apareció a la vista, y se llevó el dedo a los labios.

Carys asintió y bajó la voz.

—¿Puedes verla?

Kay subió al escalón y echó un vistazo al huerto. Maldijo en voz baja. —¿Cómo demonios se ve un castaño en invierno? No me acuerdo.

—Bueno, será más grande que estos —dijo Carys—. Bridget dijo que estaba justo en el límite de su propiedad, ¿no? Si yo fuera una niña, querría un columpio junto al arroyo, así podría hacer una presa si me aburría. Eso es lo que mi primo y yo solíamos hacer cuando salíamos al campo.

Kay logró esbozar una sonrisa. —Buen razonamiento. Vamos.

Avanzaron con dificultad por el huerto, y cuando los manzanos comenzaron a escasear, Kay notó que se había permitido que el bosque natural invadiera la propiedad.

Un destello rojo captó su atención, y agarró la manga de Carys.

—Allí.

Mientras observaba, el rojo se movía en un arco, de izquierda a derecha, de izquierda a derecha, y se dio cuenta de lo que estaba viendo.

—Es Natalie. Bridget tenía razón: está en el columpio.

—¿Qué quieres hacer, jefa?

—Quédate aquí.

Kay no esperó una respuesta. Avanzó hasta que estuvo dentro del campo visual de Natalie, y luego se metió las manos en los bolsillos e intentó parecer relajada.

El columpio se movía hacia adelante y hacia atrás bajo la guía de Natalie, sus piernas cubiertas de mezclilla empujando el aire. Su cabeza caía sobre su pecho, y cuando Kay se acercó, vio la expresión vacía en el rostro de la mujer.

—¿Natalie? Soy Kay Hunter. ¿Estás bien?

Los ojos de la mujer se abrieron de par en par cuando su cabeza se sacudió hacia arriba, y se quedó paralizada.

Kay mantuvo la voz firme e intentó ignorar el sonido de la sangre corriendo en sus oídos. Su corazón latía dolorosamente, y tomó una respiración profunda.

—¿Qué estás haciendo aquí fuera?

—Solíamos discutir sobre de quién era el turno.

Kay se apoyó contra el tronco del árbol y paseó la mirada por la niebla que se aferraba al huerto mientras el columpio se detenía lentamente.

—¿Qué pasó, Natalie? ¿Cómo murió Jamie?

—Solo quería hablar. Él no quería escucharme.

La mujer comenzó a sollozar, y Kay levantó el brazo, haciendo señas a Carys, antes de volverse hacia la mujer.

—Vamos, Natalie. Nosotras también tenemos que hablar.

CAPÍTULO 49

Kay caminaba de un lado a otro en la oficina de Sharp mientras se mordisqueaba el extremo irregular de la uña del pulgar.

Debbie la había echado de la sala de incidentes hacía media hora, diciéndole que estaba distrayendo a todos los demás de su trabajo, tal era su incapacidad para quedarse quieta mientras esperaba noticias.

Se detuvo frente a la pizarra blanca, repasando los hechos en su mente, preparándose para la batalla psicológica de ingenio que comenzaría en una hora, una vez que empezaran las entrevistas formales.

—¿Kay?

Se giró al oír la voz de Barnes.

Él estaba en el umbral, con la mano en la puerta.

—¿Qué pasa?

—Nada, el coche ya está aquí. Lo están llevando a la sala de interrogatorios ahora.

—Los han mantenido separados, ¿verdad?

—Sí. Todo bien.

—Gracias. Vamos entonces.

Tras el arresto de Natalie Stockton, se había hecho una llamada a sus homólogos en la Policía Metropolitana para que fueran al lugar de trabajo de su marido y lo trajeran de vuelta a Kent para interrogarlo.

La Met había accedido y, para ahorrar tiempo, se había enviado un coche de la Policía de Kent para interceptarlos en los servicios de Clacket Lane en la M25, donde Giles Stockton fue transferido de un vehículo a otro y llevado rápidamente por la M20 de vuelta a Maidstone.

Cuando Kay salió de la oficina de Sharp, sintió el peso de la responsabilidad más que nunca.

No solo buscaba justicia para Jamie Ingram, sino que sus colegas esperaban que ella mantuviera la reputación de Sharp también.

Siguió a Barnes por el pasillo hacia las escaleras y se detuvo cuando Larch apareció en la puerta de su oficina.

—He oído que Giles y Natalie Stockton están bajo custodia.

—Sí, señor.

—Tómate tu tiempo, Hunter. Haz que valga la pena.

—Sí, señor.

Se apresuró para alcanzar a Barnes, con una mano en la superficie lisa de la barandilla de madera mientras descendían a la planta baja, y su copia de la carpeta de investigación agarrada con la otra mano.

Aunque estaba segura, sabía que quedaban muchas preguntas sin respuesta, y tenía que hacerlo bien. El más mínimo error tendría consecuencias devastadoras.

Barnes usó su tarjeta para entrar en las salas de interrogatorios, luego se quedó con la mano suspendida sobre el panel de seguridad de la sala de interrogatorios uno y se volvió hacia ella, con una ceja levantada.

—¿Lista?

—Lista.

Pasó su tarjeta y empujó la puerta para abrirla, sosteniéndola para ella mientras lo seguía al interior de la sala.

El dulce aroma del sudor y la desesperación la

asaltó, y en ese momento, supo que sus instintos habían sido correctos.

Giles Stockton estaba sentado rígidamente en una de las dos sillas de plástico a un lado de la mesa en el centro de la habitación, con el rostro gris.

El hombre confiado e indignado con el que había hablado antes había desaparecido. Ahora veía la expresión de acorralado en sus ojos mientras la observaba acercarse, y un miedo que no había visto antes.

A su lado, su abogado tapaba y destapaba una pluma estilográfica, el suave doble *pop-pop* era un ritmo nervioso que acompañaba los pasos de Kay sobre el suelo de baldosas.

Barnes sacó una de las sillas libres para ella, luego se inclinó y encendió el equipo de grabación antes de sentarse en el asiento junto a ella.

Se presentó a sí mismo y a Kay para los propósitos de la grabación, indicó los nombres del abogado y de Stockton, y citó la advertencia formal.

Solo entonces le cedió la palabra a Kay.

Ella le estaba agradecida. Sus años de experiencia significaban que sus acciones le habían permitido unos momentos más para observar a Stockton y evaluar su estado de ánimo, y recordó las palabras de Larch.

Haz que valga la pena.

—Cuando lo entrevistamos por primera vez, usted afirmó que conoció a su esposa Natalie en una fiesta en Wateringbury dos años después de que su hermano, Jamie, muriera. ¿Hay algo que le gustaría aclarar o cambiar en esa declaración?

La mirada de Stockton cayó a su regazo. —Sí, lo hay. Conocí a Natalie alrededor de dieciocho meses antes de que su hermano muriera.

—¿Dónde la conoció?

—En una fiesta en la ciudad que organizó la empresa para la que ella trabajaba. Era para celebrar un contrato importante que habían ganado, y como el banco para el que yo trabajaba ayudó a financiarlo, algunos de nosotros fuimos invitados.

—¿Cómo describiría su relación en ese momento?

Se encogió de hombros y levantó la cabeza. —Dormíamos juntos de vez en cuando, pero no era nada serio. En ese entonces, era solo diversión.

—¿Cómo conoció a Jamie Ingram?

—Le dije la verdad. Lo conocí en un evento benéfico en Hop Farm.

—¿Fue esto antes o después de que empezara a acostarse con su hermana?

—Después. Solo me di cuenta de eso después de

que Jamie y yo habíamos estado charlando un rato; até cabos y le dije que conocía a Nat.

—¿Cuándo se les ocurrió a los tres la idea de una operación de contrabando de cocaína?

—No fue así.

Kay se reclinó en su asiento y contempló al hombre frente a ella. —Entonces quizás pueda explicarme cómo fue.

Stockton se pasó una mano por el pelo, su mirada recorriendo la superficie de la mesa. Se lamió los labios. —Esa primera vez, Jamie le confió a Natalie lo que había hecho, me refiero a robar las drogas. Estaba entrando en pánico. Ahí estaba él con medio kilo de cocaína en su posesión y sin idea de qué iba a hacer con ello. Era risible, realmente. Puede imaginar el estilo de vida que Natalie y yo llevábamos en Londres: teníamos trabajos de alta presión, trabajábamos largas horas y nos divertíamos tanto como podíamos. Natalie me sugirió que podríamos desviar un poco de la cocaína a la vez y venderla.

—¿Está sugiriendo que fue idea de Natalie vender las drogas?

—Sí. Ella tenía la mayoría de los contactos para empezar, después de todo. Es lo que me gustaba de ella; siempre ha sido extrovertida, hace amigos fácilmente y es genial para establecer contactos.

—¿Cuánto tiempo duró esto?

—Hasta que descubrieron ese último lote en el contenedor del cuartel.

—Hábleme de Simon Harrison —dijo Kay.

Stockton se estremeció visiblemente. —Ojalá nunca hubiera conocido a ese hombre.

—¿Qué ocurrió?

—Ya sabe lo que pasó —respondió con desdén—. Logró que retiraran los cargos contra mí y pude conservar mi trabajo.

—¿A cambio de qué?

—Una parte de nuestras ganancias. No podía negarme, ¿verdad? Tenía deudas estudiantiles hasta el cuello después de salir de la universidad, estaba intentando ahorrar algo de dinero para tener casa propia, y era uno de los pocos afortunados que aún conservaba su empleo después de la crisis bancaria. ¿Por qué demonios cree que Nat' y yo nos involucramos en primer lugar?

—¿Mató usted a Jamie Ingram? —preguntó Barnes—. ¿Decidieron usted y Carl Ashton que estarían mejor sin él? ¿Una porción menos del pastel para repartir?

—No, maldita sea. Ya se lo he dicho antes. No tuve nada que ver con la muerte de Jamie.

Kay se inclinó sobre la mesa y miró fijamente a

Stockton. —Pero usted sabe quién fue el responsable, ¿no es así, Giles?

El hombre se volvió hacia su abogado y murmuró entre dientes.

El abogado parpadeó una vez y luego levantó la mirada hacia Kay. —Me gustaría tener unos momentos a solas con mi cliente, detective Hunter.

CAPÍTULO 50

Barnes se apoyó contra la pared del pasillo entre las puertas de las salas de interrogatorio y cerró los ojos.

—Menudo par están hechos, ¿eh?

—Sí. ¿Estás listo para el siguiente?

Abrió los ojos y luego guio el camino hacia la sala de interrogatorios número tres.

Natalie Stockton les lanzó una mirada fulminante desde su asiento, con los brazos cruzados sobre el pecho y los ojos hinchados y enrojecidos.

Kay asintió al abogado sentado a su lado; ya lo había conocido antes y sabía cuánto cobraba su bufete por hora.

Resistió el impulso de suspirar. A pesar de los intentos de Michael y Bridget por conseguir el mejor asesoramiento legal para su hija, el resultado sería el mismo.

Sabía que Natalie era culpable.

—¿Por qué se involucró?

—Jamie y yo siempre hacíamos todo juntos —dijo Natalie, dejando caer los brazos sobre la mesa, con una expresión petulante nublando sus facciones—. Pueden preguntarles a mamá y papá. Inseparables, decían todos. Luego él se unió al ejército y todo cambió. Hizo nuevos amigos y apenas lo veía. Si venía a la granja, solíamos recibir visitas: sus viejos amigos queriendo ponerse al día con él, o gente del ejército. Como si no los viera lo suficiente. Los escuché hablando, a él y a Carl Ashton. Era verano. Habían estado ayudando en los huertos. Después, estaban charlando con una cerveza. No me oyeron acercarme, pero escuché de lo que hablaban. Le dije a Jamie que tenía que incluirme.

—De lo contrario, lo denunciarías.

Un brillo malévolo apareció en los ojos de Natalie. —Carl estaba cabreado, pero Jamie aceptó. Sabía que hablaba en serio.

—¿Y Giles?

Natalie resopló y dirigió su mirada al suelo. —Fue circunstancial. Honestamente, si nunca hubiera conocido a Jamie y a mí, no habría llegado a nada.

—¿Quiénes eran sus compradores?

—No puedo decírselo.

Kay apoyó las manos sobre la mesa y esperó hasta que la mujer levantó la barbilla para mirarla.

—Se acabó, Natalie. Sabe que no me rendiré hasta obtener justicia para Jamie. ¿Por qué no nos dice la verdad?

Natalie negó con la cabeza y parpadeó, una sola lágrima rodando por su mejilla. —Al principio era solo una tontería. Luego, detuvieron a Giles en un control rutinario de tráfico y le encontraron esa marihuana. Maldito idiota.

Kay esperó mientras la mujer apretaba y aflojaba los puños, trabajando su mandíbula.

—Ese maldito policía —escupió finalmente.

—¿Sabes su nombre?

—Simon Harrison.

—Continúa.

—Me enteré después, a través de un conocido mutuo, que tenía un sistema por el cual revisaba el sistema buscando arrestos de cierta naturaleza. No escoria. Gente como Giles. Respetable.

Kay dejó pasar la ironía de la afirmación de Natalie sin comentarios. —¿Qué hizo Harrison?

—Insistía en revisar los casos donde veía una ventaja. Arreglaba que se retiraran los cargos a cambio de una comisión, y presentaba a los proveedores a compradores más lucrativos por una tarifa de intermediario. Giles entró en pánico, no podía permitirse perder su trabajo, así que accedió a las demandas de Harrison sin consultarnos a Jamie y a mí.

—¿Cuándo empezaron a ir mal las cosas?

Natalie soltó una risa amarga. —Se fue y se enamoró, ¿no? Jamie, de todas las personas. Por supuesto, no le diría a nadie su nombre en ese entonces, y yo no podía averiguarlo. Arriesgaría llamar la atención si aparecía en Deepcut de repente, incluso si Jamie estaba desplegado. Ese es el problema de ser gemela, ¿sabe? La gente se daría cuenta, y entonces Jamie se habría enterado eventualmente de que su hermana estaba husmeando.

Se limpió con rabia las lágrimas que enrojecían sus ojos. —Claro, cuando apareció usted y dijo que estaba reabriendo la investigación de su muerte, supe que tenía que encontrarla antes de que usted obtuviera algo de ella. Creo que ella siempre sospechó que yo tenía algo que ver, por eso Jamie se negó a decirme su nombre todos esos años atrás. Solo tuve que esperar hasta que diera uno de sus patéticos discursos sobre el progreso del caso y averiguar su nombre de esa manera.

Kay resistió el impulso de inclinarse y sacudir a la mujer.

—¿Qué iba a hacerle a Amber?

—Pensé que podría intentar hacer que pareciera que ella era la que trabajaba con Jamie para suministrar las drogas.

Kay frunció el ceño. —¿Cómo?

Natalie tragó saliva. —Dudo que haya probado algo como la cocaína en su vida, no por la forma en que Jamie dijo que discutía con él al respecto. Pensé que podría hacer que tomara una gran cantidad.

—¿Iba a envenenarla? ¿Darle una sobredosis?

—No pude hacerlo. No pude matarla. —Levantó la mirada hacia Kay—. A pesar de lo que piense de mí, no soy una asesina.

—¿En serio? Entonces quizás pueda explicarme por qué dejó morir a su hermano.

—¿Qué? —La voz de la mujer subió un tono, con la boca abierta. Tragó saliva—. ¿Qué quiere decir?

—¿Por qué iba a ver a Jamie la noche de su muerte?

—Solo quería hablar.

—¿Sobre qué?

—Lo hizo a propósito, ¿sabe? Asegurarse de que ese último alijo de cocaína fuera encontrado en el tanque de combustible.

—¿Cómo lo sabe?

—Porque lo sé. Ya estaba teniendo dudas la última vez que volvió de Afganistán. Se podía ver. Pero yo había encontrado al mejor comprador que habíamos tenido jamás: un precio más alto, todo. Solo necesitábamos ese último suministro, y él lo arruinó. Todas esas promesas que había hecho. Era una vergüenza. Estaba acabada, en lo que respecta a trabajar en la ciudad. No tenía nada.

—¿Qué hizo?

—No quería escuchar, ¿no lo ve? Tenía que convencerlo de que no podía confesarlo todo a su oficial al mando más tarde esa semana. Iba a arruinarlo para todos nosotros. Intenté hacerle entrar en razón, pero luego nos dijo que estábamos siendo irrazonables y que iba a volver a Deepcut esa noche y exigir ver a Stephen Carterton allí mismo y que no aceptaría un "no" por respuesta. Estaba desesperada; pensé que, si hablaba con él cara a cara, entraría en razón y se quedaría callado.

—¿Conducía bajo la influencia de drogas?

Natalie se mordió el labio y luego asintió.

—Necesito que responda en voz alta para los propósitos de esta grabación.

—Sí.

—¿Tuvo un accidente mientras conducía?

—Sí.

—Cuénteme.

—No fue mi intención.

—Dígame qué pasó, Natalie.

—Él iba demasiado rápido. No lo vi.

—¿Se detuvo después del accidente?

—Sí.

—¿Qué hizo?

—Me di cuenta de que alguien había girado para evitarme. Pensé que estaba bien. Me detuve unos metros más adelante y corrí de vuelta. Al principio no lo podía ver. Luego vi la matrícula en la parte trasera de la moto, y…

Soltó un sollozo ahogado y extendió la mano para tomar el pañuelo de papel que le ofrecía su abogado.

—Juro por Dios que no pretendía matarlo. Lo encontré tirado en la cuneta, con el cuerpo todo retorcido. Entré en pánico. Sabía que tenía que salir de allí. Si mis padres se enteraban… No quería matarlo…

—No estaba muerto, Natalie.

La mujer miró a Kay por encima del pañuelo y se encogió. —¿Qué?

—Jamie no murió en el impacto. Si hubiera llamado pidiendo ayuda en cuanto lo encontró, podría haber tenido una oportunidad. En cambio, estaba tan centrada en si misma que solo pensó en abandonar el lugar lo más rápido posible. Jamie murió en el hospital cuatro horas después por sus heridas. Podrían haberlo salvado si hubiera ayudado.

—No…

Kay observó cómo Natalie se desplomaba en su silla, asimilando lentamente la realidad.

—No puedo perder a mis hijos —gimió.

Kay cerró la carpeta y apoyó las manos sobre ella antes de hacerle una señal a Barnes.

—Entrevista terminada.

CAPÍTULO 51

Kay abrió la puerta de la sala de interrogatorios número uno y vio a Giles Stockton levantar la cabeza de sus manos, notando que parecía haber estado llorando.

Sentía poca empatía por el hombre y evitó el contacto visual tanto con él como con su abogado mientras Barnes reiniciaba el equipo de grabación y citaba la hora actual.

—Señor Stockton, hablaremos con el Servicio de Fiscalía de la Corona con vistas a presentar cargos contra su esposa Natalie en relación con la muerte de su hermano, Jamie Ingram.

Escuchó el suspiro que escapó de los labios del hombre mientras se desplomaba en su silla.

—No sé qué decir. ¿Qué demonios le digo a Michael y Bridget?

—Dudo mucho que tenga la oportunidad de hablar con alguien cuando hayamos terminado aquí. Fue usted quien llamó a Jamie esa noche, ¿verdad? ¿De qué hablaron?

Él sorbió. —Estaba harto. El hecho de que se descubrieran las drogas en el tanque de combustible del Jackal lo asustó; creo que sabía que era el principio del fin. Él y Natalie habían discutido tres días antes cuando ella fue a la granja. Ella había perdido su trabajo y había hecho promesas a algunas personas en la ciudad que esperaban recibir una gran cantidad de ese último medio kilo. Había hecho una especie de trato con ellos, algo así como que, si ella proporcionaba las drogas, ellos le proporcionarían un nuevo puesto. Estaba desesperada.

—¿Es usted un adicto a las drogas, señor Stockton?

Se encogió de hombros. —Solo fumaba un porro de vez en cuando. Sin embargo, Natalie era diferente. Creo que es algo en su personalidad: podría haber sido alcohol, comida, cualquier cosa... Creo que es una adicta por naturaleza. Así que, cuando Jamie me dijo que todo había terminado, ella entró en pánico.

Perdería su propio suministro, además de lo que estábamos vendiendo. Intenté persuadirlo para que continuara, y discutimos. Terminó la llamada diciendo que iba a volver a Deepcut esa noche y exigir ver a su oficial al mando para contarle lo que estaba pasando.

—Y se lo dijo a Natalie.

—Sí. Se estaba quedando en mi piso en Maidstone, así que escuchó mi parte de la conversación telefónica, y cuando le dije lo que Jamie había dicho, entró en cólera. Tiene que entender: ella era la favorita de Michael y Bridget. Sí, amaban a Jamie, estoy seguro, pero Natalie era su niña de oro. No podía soportar que se enteraran de lo que había estado pasando. Intenté detenerla, de verdad que sí, pero para entonces estaba drogada hasta las cejas. Salió furiosa del piso, diciendo que iba a la granja a hablar con él ella misma.

—¿Qué pasó cuando regresó?

Stockton se llevó las manos a la boca y sopló sobre ellas, como si tuviera miedo de dejar que las palabras salieran de sus labios. Después de un momento, suspiró.

—Después de una hora, empecé a entrar en pánico. Sabía que era mejor no llamar al móvil de Jamie; de la manera en que había terminado nuestra conversación, de todos modos, no habría contestado cuando viera mi número. Intenté llamar al número de Natalie, pero seguía yendo al buzón de voz. Volvió alrededor de una hora y media después de haberse ido, y supe de inmediato que algo andaba mal. Estaba pálida, tan, tan pálida, y temblaba; era como si estuviera entrando en estado de shock. La hice sentarse en el sofá a mi lado, y finalmente me contó lo que había sucedido.

Se interrumpió y se limpió las lágrimas que le corrían por el rostro.

—Estaba tan drogada que se había olvidado de encender los faros del coche cuando salió de mi piso. No importaba conducir por la ciudad y luego hacia la granja; las calles están bien iluminadas hasta que llegas a la rotonda para el desvío de Leeds, y para entonces estaba teniendo suficientes problemas para mantener el coche en la carretera como para darse cuenta. Dijo que no sabía cómo había sucedido: estaba conduciendo alrededor de la curva, luego se quedó cegada por una sola luz momentos antes de darse cuenta de lo que había pasado.

Se interrumpió, incapaz de hablar mientras los sollozos sacudían su cuerpo.

—¿Por qué no la denunció a la policía? —dijo Kay.

—Estaba demasiado asustado. No quería perder mi trabajo. Tenía miedo de perder a Natalie.

—¿De quién fue la idea de la clínica de rehabilitación?

—De Harrison.

—¿Qué?

Giles suspiró. —Creo que sabía que ella era un alto riesgo para entonces, incapaz de pensar en otra cosa que no fuera de dónde vendría su próxima dosis. Creo que también le tenía un poco de miedo, y de lo que podría contar a la gente mientras estaba drogada. Dijo que se aseguraría de que el accidente de Jamie se considerara un accidente, pero a cambio Natalie tenía que desintoxicarse y mantenerse limpia.

—¿Los chantajeó?

—¿Con dinero, quiere decir?

—Sí.

Stockton negó con la cabeza. —El conocimiento era suficiente. Él sabía sobre nosotros, y nosotros sabíamos sobre su plan para desviar dinero de otros tratos de drogas que ocurrían en todo el condado. Podría llamarlo un punto muerto.

—Así que usted, Natalie y Harrison lo mantuvieron en secreto todos estos años.

—Sí. De una manera extraña, eso nos acercó más

a Natalie y a mí. Por supuesto, entonces teníamos aún más que perder si alguien se enteraba.

Kay negó con la cabeza y luego escuchó a Barnes mientras concluía la entrevista mientras ella reflexionaba sobre su siguiente tarea.

No tenía idea de cómo iba a decirle a Michael y Bridget Ingram que habían resuelto el caso y arrestado al asesino de Jamie.

CAPÍTULO 52

Veinticuatro horas después, Kay arrojó una pila de carpetas manila en la bandeja de su escritorio y suspiró.

Después de acusar a Giles Stockton de obtener beneficios del lavado de dinero, la venta de sustancias ilegales y obstruir la justicia al no informar sus sospechas sobre la participación de su esposa en la muerte de Jamie Ingram, ella había regresado a casa cerca de la medianoche y se había quedado dormida exhausta en los brazos de Adam, demasiado cansada para pensar en cenar.

Por una vez, él no la había regañado.

Sin embargo, la había obligado a comer dos rebanadas de pan tostado antes de permitirle salir de casa esa mañana, y ella sonrió al recordarlo.

Tenía quince años la última vez que recordaba haber desayunado.

Habían hecho arreglos para que saliera temprano del trabajo: ella y Adam se reunirían con la familia de acogida de Rufus en su lugar favorito del Camino de los Peregrinos donde Graham quería esparcir las cenizas del perro policía jubilado. Él no dejó que Adam dijera "no" cuando pasó por su casa camino de llevar a su hija a la escuela.

—Fue uno de los mejores perros que tuvo la Policía de Kent, así que sería un honor— dijo Adam. —Tenía un historial impresionante atrapando ladrones, según he oído.

Graham soltó una risa ahogada. —Menos mal. Era inútil persiguiendo conejos.

Kay se frotó el ojo derecho, luego empujó su silla hacia atrás y se dirigió a la oficina de Sharp.

Aún no había noticias sobre cuándo podría volver el inspector al trabajo.

Larch había estado complacido con el resultado que ella y el equipo habían obtenido, y para sorpresa de Kay, la había felicitado personalmente por un caso bien manejado. Su sabático había comenzado el día anterior, y se rumoreaba que la comisario jefa estaba vigilando de cerca la comisaría en ausencia de un oficial superior.

Kay tomó un trapo y comenzó a borrar las notas garabateadas de la pizarra, quitando las fotografías que había pegado y limpiando los restos dejados por ella y el equipo.

Un sentimiento de orgullo la invadió. Era la primera vez que dirigía al equipo sin tener que remitirse a un oficial superior, y le sorprendió lo mucho que disfrutaba la responsabilidad.

Cuando se lo mencionó a Adam la noche anterior, él había puesto los ojos en blanco.

—Te lo dije— había dicho.

Ella sonrió. A veces, deseaba que sus emociones no fueran tan transparentes. A menudo, su pareja veterinaria sabía mejor que ella hasta dónde estaba dispuesta a presionarse para obtener un resultado.

Se giró al notar movimiento en la puerta y vio a Barnes apoyado en el marco.

—¿Queréis tú y Adam venir a cenar mañana por la noche? Perdón por el poco aviso, pero pensé que no nos hemos puesto al día como es debido en mucho tiempo, y Emma ha vuelto de la universidad. Sé que le encantaría veros.

—Suena genial, gracias. ¿A qué hora?

—¿Te viene bien a eso de las seis?

—Perfecto. Nosotros llevaremos el vino.

Se volvió hacia la pizarra ahora limpia, y se

preguntó si Larch habría puesto al día a Sharp sobre los acontecimientos de los últimos días.

Larch había decidido ir con Kay a hablar con los Ingram sobre el arresto de su hija, y en retrospectiva, ella había estado agradecida.

Bridget había estado desconsolada, y Michael simplemente había negado con la cabeza antes de acompañarlos a la puerta.

Le había gritado a Kay mientras ella se dirigía al coche.

—No vuelva por aquí, detective. No es bienvenida.

De camino a la comisaría, Larch le había informado que los hijos de Giles y Natalie se mudarían con sus abuelos en un futuro previsible.

Kay había observado los huertos pasar por la ventanilla del coche mientras se alejaban de la granja, y esperaba que la presencia de niños en la granja una vez más ayudara de alguna manera a aliviar el dolor de los Ingram.

Sus emociones se habían elevado por la noticia de que Simon Harrison enfrentaría ahora cargos adicionales y recibiría una sentencia de prisión que lo mantendría tras las rejas durante varios años.

Reunió los últimos artículos de papelería y archivos de casos en sus brazos antes de colocarlos en un carrito para pasarlos al equipo administrativo para su procesamiento, ignorando el persistente dolor en su brazo, y luego frunció el ceño al escuchar un alboroto en la puerta principal de la sala de incidentes.

Empujó el carrito hacia un lado y asomó la cabeza por la puerta de la oficina.

Devon Sharp se abría paso por la sala, un proceso lento, ya que cada oficial lo saludaba, estrechándole la mano o dándole palmadas en el hombro.

Notó que la barba había desaparecido y su cabello estaba recortado al estilo pegado al cráneo que prefería de sus días militares. Su postura también había cambiado. Donde hace unas semanas había visto a un hombre encogido, ahora se erguía alto y orgulloso mientras reía y bromeaba con el equipo.

Se apoyó en el marco de la puerta y lo observó mientras cruzaba la sala, con el corazón acelerado.

Después de todo, su insistencia en ayudarlo había descubierto la verdad detrás de la muerte de su ahijado y había destruido la familia de sus amigos más cercanos.

¿La perdonaría algún día?

Parecía hacer un esfuerzo por ignorarla mientras se abría paso entre los escritorios, riendo con Barnes, bromeando con Carys y estrechando la mano de Gavin, y la paranoia se apoderó de su pecho.

¿Había cometido un error?

Entonces él se volvió y pareció notarla por primera vez.

Ella tragó saliva e intentó no entrar en pánico.

Después de todo, con Larch de baja por un futuro previsible, el inspector jefe Devon Sharp era ahora su oficial superior.

Su rostro se relajó en una sonrisa más amplia mientras se detenía frente a ella.

—Jefe.

La piel alrededor de sus ojos se arrugó, y luego extendió su mano.

—Buen trabajo, Hunter.

Ella suspiró aliviada, se apartó del marco de la puerta de su oficina y luego lo invitó a entrar con un gesto.

—Bienvenido de vuelta, jefe.

FIN

BIOGRAFÍA DEL AUTOR

Rachel Amphlett es una de las autoras de ficción criminal y thrillers de espías con más ventas del USA Today; y muchas de sus obras han sido traducidas en todo el mundo.

Sus novelas están disponibles en formato digital, impresos y como audiolibros en bibliotecas y tiendas minoristas, así como en su página web.

Rachel, una viajera entusiasta e investigadora privada por accidente, tiene ciudadanía australiana y británica.

Para más información sobre los libros de Rachel entra en: www.rachelamphlet.com.